L'Illa del Temps, 79

Care Santos

Fosca

Aquesta nit no hi ha lluna plena

Entra al bloc de la novel·la:
aquestanitnohihallunaplena.blogspot.com

Estrella Polar

Estrella Polar
Col·lecció L'Illa del Temps

Estrella Polar, Peu de la Creu 4, 08001 Barcelona.
Disseny de la coberta: Tamara Sánchez

Primera edició: febrer del 2012

www.caresantos.com

www.estrellapolar.cat
info@estrellapolar.cat

Fotocomposició: Víctor Igual, s.l.
Impressió: EGEDSA
Dipòsit Legal: B. 4.081-2012
ISBN: 978-84-9932-573-6

Per a tots aquells que volen volar
i s'atreveixen a intentar-ho

Diu la llegenda que quan Déu va fer el món va preguntar al llop:

—Vols que et posi una esquella al coll?

I el llop va respondre:

—No, perquè, si ho fas, tothom podrà sentir-me arribar.

Llavors Déu va dir:

—Vols que et lligui amb una corda?

—No —va dir el llop—, perquè, si ho fas, tothom voldrà dominar-me.

I Déu va preguntar:

—Què vols, doncs?

—Vull ser lliure per fer allò que em vingui de gust sense haver de donar explicacions a ningú.

I Déu va dir:

—Així sigui.

PRIMERA PART

WEIRD

DECÀLEG DELS ÉSSERS DE LA NIT

Guarda't d'allò que brilli massa.
No tinguis por de la teva pròpia ombra.
Estima com un mortal.
Ambiciona com un immortal.
Menja només per necessitat.
No vulguis tenir allò que no necessites.
Fuig de qui tingui por de tu.
Mira les teves víctimes als ulls.
Pren i dóna amb intensitat.
Mai no miris enrere.

I

LES PUPIL·LES DE LA ROSA recorren la carretera de costat a costat, cercant. Als vorals sempre hi ha alguna cosa. La Rosa és una dona alta, molt prima. Té els cabells bruts, pobres, i les ungles rosegades. Quaranta-sis anys. Mai no es maquilla. Mai no riu. Fa molt temps que la Rosa no té ni un minut per a ella mateixa. Molt de temps: setze anys, onze mesos i vint-i-nou dies. En porta el compte.

La Rosa condueix una mica geperuda, tirada cap endavant, amb les mans sobre el volant com si fossin dues urpes. La pluja complica les coses. Ara cau un bon xàfec. És com si això també anés massa ràpid. Mira el rellotge digital del cotxe. A quina hora es farà de nit? És el primer dia després del canvi a l'horari d'hivern. Avui el dia serà més curt, i la nit, interminable. L'hivern s'acosta i la Rosa odia l'hivern. Durant els mesos de fred tot és més difícil. I als vorals estranyament s'hi troba res.

La Rosa pitja el fre fins al fons. Ha vist alguna cosa. Les rodes del vehicle llisquen amb brusquedat sobre l'asfalt xop. L'objectiu és de mida mitjana. Potser un cérvol, o una guineu. Amb una mica de sort no deu fer gaire temps que és mort. La Rosa s'hi atansa, cautelosa. Passa molt de tant en tant, però de vegades troba animals que encara són vius. Un cop va trobar un porc senglar que semblava mort i quan s'hi va acostar per poc no la mossega. Va tenir un ensurt tan gran que des d'aquell dia porta un bastó al maleter, per si ha de clavar-los algun cop abans de tocar-los.

Avui fa el mateix de sempre. Amb el pal al davant, s'acosta a l'animal ajagut al voral. La pluja sembla més forta i la deixa feta una sopa de cap a peus, en un moment. La dona colpeja el cos inert amb el pal. S'assegura que no hi ha perill. Ha estat de sort: és una guineu. Deu fer uns vuit quilos. I no fa gaire que és morta, està clar. La Rosa sospira, alleujada. Ha tingut molta sort de trobar-la, amb aquest temps. Deixa el pal al maleter, mira cap a totes bandes per assegurar-se que no ve ningú i agafa la guineu. L'aixeca estirant-li les dues potes del costat dret. La llança dins el maleter, que per dins està protegit amb un hule, i la deixa al costat d'una bossa de plàstic negra, molt voluminosa, que una estona abans ha tancat bé. No s'atura a examinar la qualitat de la peça que acaba d'aconseguir. No té ni un minut per perdre. No vol que se li faci de nit abans d'arribar a casa.

En pujar al cotxe de nou, mulla el seient i l'estoreta, prem l'accelerador i toca el dos d'allà a corre-cuita.

Durant tot el camí que encara falta —uns trenta quilòmetres— no deixa de mirar els vorals, tot i que sap que serà difícil, gairebé impossible, trobar-hi cap altra cosa. La sort no té per costum presentar-se dos cops el mateix dia.

En la llunyania, al cim de la fondalada, s'hi distingeixen les primeres llumenetes, espurnejants, de Valldellops. Mira el rellotge. Les 17.47. Ja hauria d'estar arribant a la planta incineradora. S'afanya. Els eixugaparabrises marquen un ritme monòton i desagradable. La pluja pica als vidres amb fúria. La Rosa engega la ràdio, sense deixar de mirar a totes bandes. No veu una ànima enlloc. No és que l'estranyi. Aquí no hi viu ningú. Les poques persones que viuen a la vall es concentren al poble, a Valldellops, i a la rodalia.

Després de travessar un diluvi, la Rosa arriba a la zona on s'arrengleren un parell de naus industrials desgavellades. Aparca davant la que sembla menys abandonada i fa sonar la botzina tres vegades, per anunciar-se. Després surt del cotxe, amb moviments compulsius, ràpids, va cap al maleter, l'obre i en treu la bossa d'escombraries negra i tancada. Pesa força. Amb la bossa a la mà, s'endinsa dins la nau principal. És un lloc llòbrec, glaçat. Les goteres es filtren per la teulada i omplen el terra de bassals.

Des del fons, amb pas calmós, camina cap a ella un home d'uns cinquanta anys, calb, refet i amb una bata blanca.

—Hola, Hipòlit. Avui arribo tard. Gairebé no tinc temps per a res —saluda la Rosa.

—El canvi d'hora, oi? Menys llum.

—Sí, menys llum —confirma ella, mentre li dóna la bossa—. És a dir, menys temps. Ja he demanat el favor de cada any i des d'avui surto a les cinc tocades. Et fa res ferho tu sol? Vols que la buidi jo?

L'home sospesa la bossa abans de respondre:

—No cal, no t'amoïnis. Què és?

—Un gos.

—Devia ser gros.

—Un setter. El devia perdre algun caçador el cap de setmana passat, pobra bèstia. No estava ferit.

L'home arrufa el front, estranyat.

—T'havia fet cafè —diu, resignat.

Tots dos es miren en silenci. Fa fred. La Rosa s'apuja el coll de la jaqueta.

—T'estic molt agraïda per tot el que fas, de debò.

—No m'has d'agrair res —diu l'home—. Ja saps que em tens per al que necessitis.

—Gràcies, Poli. Moltes gràcies. —Dos segons, un sospir, una pausa en el ritme massa ràpid del dia i la Rosa pregunta, sembla que sense presses:— Ja marxes cap a casa?

—Així que enllesteixi el teu setter.

La Rosa somriu, agraïda. Dóna un cop d'ull cap a dins de la nau. No hi queda ningú. Com de costum, l'Hipòlit s'ha quedat l'últim per esperar-la. No vol entretenir-lo gaire. Vet aquí un altre motiu per afanyar-se. Afegeix:

—Vindràs a sopar, demà? És l'aniversari del nen.

—I tant que sí. Quants...?

—Disset.

L'Hipòlit sembla impressionat. Com si la xifra que acaba de sentir no fos possible. Arriba a les seves conclusions.

—Ja és un home.

La Rosa salta de seguida:

—Per a mi no ho serà mai.

Un silenci espès, carregat de tensió, al qual la pluja afegeix la seva banda sonora delicada.

—Gràcies de nou, Poli —fa ella, agafant amb la mà el canell de l'amic, en un gest que vol ser de gratitud i d'estimació. L'home correspon amb una tremolor al llavi superior, un assaig molt tímid de somriure que no li acaba de sortir.— Un altre dia em prenc el cafè, t'ho prometo.

—Tranquil·la.

Després, la Rosa fa mitja volta i va cap a la sortida. Així que veu la poca claror que li queda al dia, murmura:

—Déu meu.

L'Hipòlit la veu com entra al cotxe, fa marxa enrere,

s'allunya sota la pluja. Es pregunta si la Rosa es donarà mai per vençuda, si tot plegat acabarà algun dia. Què passaria si no s'hi amoïnés tant.

Des que la coneix, i ja fa més de quinze anys, la Rosa viu amb aquesta angoixa constant, que res ni ningú no és capaç de calmar.

La dona accelera. Per aquestes carreteres no hi passa gairebé ningú, així que tampoc no hi ha ningú que les controli. No hi ha radars, ni cotxes de policia a l'aguait. Pot córrer sense témer res. A més, la pluja sembla que vol parar. Quan enfila l'última recta, s'ha transformat en un plugim fi. En la distància, la Rosa veu les primeres teulades de pissarra del poble i, més enllà, els camps de conreu, els vells castanyers i la carretera que mena fins a la finca senyorial d'Els falcons, construïda enmig del no-res fa unes sis dècades. Al costat del que en altres temps van ser només camps, fa anys els senyors s'hi van fer construir un casalot de dues plantes per als masovers. Va ser aquest casalot, justament, el que ella va comprar quan va decidir instal·lar-se aquí amb el seu fill, fugint de la ciutat però, sobretot, de la gent. És una construcció espaiosa, feta amb murs gruixuts de pedra sobre els quals reposa un sostre de pissarra. Ella la va reformar per fer-ne el seu refugi, la seva llar, el seu retir, la seva llodriguera. La reixa que l'envolta ja havia estat instal·lada. Només va haver de donar-hi una mà de pintura i posar-hi una mica d'oli i va quedar com nova. Ni feta expressament.

La Rosa surt del cotxe per obrir la tanca. Deixa el cotxe dins el pati, i torna a tancar amb clau. Li sembla que ha arribat pels pèls. L'Abel es deu estar despertant. A Els falcons en aquesta època de l'any no hi ha ningú, està sola en molts quilòmetres a la rodona. Quan apaga el motor del vehicle, el silenci del camp li fa venir esgarrifances. És un silenci que fa mal, que provoca el buit. La Rosa pensa que si es quedés aquí, sola, quieta, escoltant, acabaria boja.

Abans de treure el seu carregament de la maleta hi ha una darrera rutina que ha de fer. Deixa el cotxe obert i camina pels camins que envolten la casa. Començant pel lateral esquerre, una per una, revisa les trampes. Algunes estan amagades sota els matolls. N'hi ha dues al peu dels rosers. Les altres, les va instal·lar a la part del darrere. Fins i tot en va excavar una a terra i la va tapar amb branquillons. Amb el temps, ha resultat la més útil.

Avui, la pluja deu haver espantat les possibles preses. Les trampes estan com les va deixar ahir, intactes, a l'expectativa, com boques obertes esperant la vianda. Totes, menys una. Hi ha una víctima. Mentre passa pel pati del darrere, la Rosa sent un gemec petit. Hi ha un animaló atrapat.

Eureka!

«Tot i que, sentint-lo, no deu ser gaire gros», pensa.

Efectivament, el veu només tombar cap al passadís lateral. És una mostela. Està grassa, però com a molt deu pesar mig quilo. La qual cosa vol dir que només conté uns cent setanta-cinc grams de sang fresca. Ni mig got, fet i fet. No en té ni per començar.

Tot i això, es fica la mà a la butxaca de la jaqueta i en treu un guant gruixut, de jardiner. Amb el guant protegint-li la mà agafa l'animaló i l'allibera de la mossegada del ferro que li ha destrossat una pota. En acabat va cap al pati del davant i el fica dins una de les gàbies buides que va deixar al costat de la porta principal.

Una vegada, el masover que a l'estiu té cura de la finca del costat va treure el nas per damunt del mur i li va preguntar:

—Per a què són, tantes gàbies?

No va saber què dir-li. El veí mai no va tornar a tafanejar. Potser va veure alguna cosa. O potser algú va explicar-li un conte de por. Tant se val.

La Rosa remena en un compartiment del cotxe i en treu les claus. Demà té el dia lliure, la qual cosa vol dir que avui podrà prendre una bona dutxa, pintar-se les ungles, veure una pel·lícula i relaxar-se una mica. Demà a primera hora de la tarda sortirà una estona a donar un cop d'ull als vorals de les carreteres. O potser millor al matí. Després de la pluja, els animals necessiten alimentar-se. Potser estarà de sort. La seva esperança sempre és trobar-ne algun de viu.

La casa recorda una mica un búnquer. No té ni una sola finestra a la planta baixa: l'única obertura és la porta d'entrada. Al pis de dalt la cosa no millora gaire. Dues finestres al davant, amb vistes al camí. Dues al darrere, que miren al tros de terra que ells anomenen, amb generositat, «jardí». Les del davant corresponen a la cambra de la Rosa i a la seva cambra de bany, que només fa servir ella. Les altres, al menjador, que també és saleta. La resta de les habitacions són interiors, fosques com un mal pressentiment. Abans hi havia finestres pertot, com a totes les cases, però la Rosa les va fer tapar.

A la porta d'entrada hi ha quatre panys. La Rosa els va obrint un per un, alternant les claus amb una habilitat que va aprendre fa molt. L'entrada comunica amb una estança buida, una mena de garatge, on només hi ha una taula de jugar al billar que mai ningú no fa servir, una llar de foc, un carretó de paleta i alguns trastos vells (gàbies, la pala, la mànega...).

La Rosa s'assegura que tot és al seu lloc abans d'eixugar-se les soles de les sabates a l'estoreta i agafar el carretó metàl·lic. El porta cap al cotxe, carrega la guineu per les potes i la fa caure de cop dins la cubeta. Es mira, amoïnada, la mostela, abans de tornar a entrar. No sembla gaire animada. Deixa el carretó i va cap a la presa d'aigua. Omple un dels abeuradors de fusta que troba sobre un banc i el porta al petit mamífer, deixant-lo amb molt de compte dins la gàbia. La mostela s'hi llança de seguida.

La Rosa entra a casa empaitant el carretó, que deixa al costat de la llar de foc. Tanca els quatre panys per dins. El cos sense vida de la guineu recorda un abric abandonat.

Només quan ha tancat el darrer pany se sent una mica més traquil·la. Sospira. Mira l'hora. Les 18.22. S'ha d'organitzar millor. No ha d'allargar la seva jornada laboral ni cinc minuts, per més que l'hi demani l'encarregat, com ha passat avui, o que algú vingui amb exigències de darrera hora. El seu cap té raó quan li diu que està histèrica. Té els seus motius. Necessita calmar-se. Com sigui.

Somriu amb tristesa. Tranquil·litat. Quant fa que no sap el que de debò vol dir, aquesta paraula?

Més enllà de l'hangar que fa de rebedor hi ha una altra porta amb dos panys més. Els obre. Amb pas cansat, puja l'escala. Després del darrer graó, comença la seva autèntica vida. La que dia i nit la tortura des de fa setze anys, onze mesos i vint-i-nou dies. Però, d'altra banda, l'única que té. Aquella de la qual ja ni pot ni sap escapar.

—Hola, fill, ja sóc a casa —saluda, amb cantarella, fent veure que tot va bé—. No t'imagines què t'he portat per sopar.

2

A LES 18.17, L'ABEL es comença a despertar. El primer que li ve al cap és: «Quina hora és?». Li sembla estrany no sentir cap soroll a baix. Ni passes, ni panys rovellats, ni el motor del cotxe, ni el gemec d'alguna bestiola innocent... res de res. Se n'alegra. Gaudeix de la seva soledat, l'assaboreix. Li encanta la tardor. I l'hivern, més encara. En els mesos de més fred les nits són tan llargues i comencen tan d'hora que té una bona estona per a ell mateix abans no arribi la seva mare. És clar que després ha de suportar el mal humor de la Rosa, els seus nervis sense sentit, les seves presses. Ja no sap com dir-l'hi: no ha de patir. És prou gran i sap cuidar-se. No ha de córrer com una esperitada per la carretera, i encara menys demanar favors a l'amo de la benzinera per tal que la deixi sortir abans d'hora. Fins i tot podria marxar a algun lloc, a sopar amb alguna amiga, o amb l'Hipòlit. Quan l'hi va proposar, la Rosa se'l va mirar com si s'hagués tornat boig.

—Una amiga? —Va deixar anar una riallada plena d'amargor.— Com si en tingués cap!

I, per descomptat, la seva mare va deixar córrer el tema amb una opinió d'aquelles contundents que no tenia res a veure amb les seves:

—Encara que et pensis que no, em necessites. Jo sempre seré al teu costat. Per alguna cosa sóc la teva mare, rei —va fer.

L'Abel va quedar-se pensant. Sempre. Del llatí *semper*, que vol dir «en tot moment». Va preguntar-se de quant temps devien estar parlant i què passaria després. Perquè li semblava evident que tard o d'hora les mares han de deixar d'atabalar els fills.

A l'hivern, i això és el pitjor, la Rosa es passa el dia atabalada. És insuportable. Tan atabalada que de vegades quan la sent arribar es fa l'adormit per donar-li temps a tranquil·litzar-se. S'ha adonat que després de prendre una dutxa i de fer una visita a la nevera, l'humor de la seva mare millora força.

Perquè després diguin que el canvi d'hora només comporta beneficis.

Allarga la mà cap a la tauleta i encén el llum. Projecta una claror esmorteïda, que gairebé no el molesta. Idònia per acostumar-se a la fesomia del món.

Pensa que seria molt agradable, algun cop, poder passar una nit sencera tot sol. No sap com és aquesta sensació. L'expectativa de la soledat. Li agradaria provar-ho, encara que només fos una vegada. Mai no ho ha dit a la seva mare. De què serviria? Ja en coneix la resposta.

De mica en mica s'integra al món. Com sempre, no recorda res del que ha somniat. Cada dia s'ho pregunta, a veure si hi ha sort, amb l'esperança d'obtenir alguna resposta. Però sempre el mateix: res, el buit.

Els seus somnis són com una pantalla en blanc. Un silenci continu i desolador.

La seva mare diu que és un dels símptomes de la seva malaltia i que ho ha d'acceptar amb resignació. Això diu:

resignació. La seva malaltia. Acceptar-ho. De vegades és com si la seva mare li parlés en un idioma que no entén.

«Quin dia és avui?», es pregunta de sobte.

Sent les passes de la Rosa, que puja les escales.

—Hola, fill, ja sóc a casa —sent que diu, en arribar a dalt—. No t'imagines què t'he portat per sopar.

La seva mare s'atura davant la porta de la seva cambra i somriu. Fa molt mala cara. Sembla més vella que mai.

—Demà és el teu aniversari —diu ella, fingint una alegria que no sent ni de bon tros.

—Estàs cansada? —li pregunta l'Abel.

—He vingut molt de pressa —fa ella. I afegeix, com si fos necessari:— Han canviat l'hora, te'n recordes? Avui és el primer dia amb el nou horari.

—Sí, ja ho sé. L'horari d'hivern.

—No sabia si te'n recordaves i no volia que et trobessis sol.

—Me'n recordava, mare. No calia que corressis tant.

La Rosa deixa anar una rialla extenuada:

—Sóc una ximpleta, ja ho saps.

L'Abel s'aixeca, es deixondeix. La Rosa continua el camí cap a la seva cambra. Pel passadís la sent que diu:

—Demà fas disset anys, rei. A veure si tinc sort i et puc portar alguna cosa una mica especial.

—No cal, mare, de debò.

—I tant que sí! Com vols que ho celebrem?

—No ho sé —menteix ell, que per un cop voldria tenir un aniversari diferent. Sortir al jardí, fer un volt en cotxe, caminar més enllà del camí d'Els falcons, contemplar la nit plena d'estrelles des d'un parany envoltat d'arbres ben alts... Res de tot això pot ser, segons les normes de la seva mare, ja ho sap. Malgrat tot, s'atreveix a dir:— M'agradaria sortir de casa.

La Rosa calla. Acaba de treure's la roba. La seva veu sona poc convençuda quan diu:

—Ja ho veurem. Ja saps que no m'agrada.

L'Abel rondina, però és en va, com sempre.

—Mare, que ja no tinc cinc anys.

La Rosa salta un altre cop. Segona vegada en una sola nit i pel mateix tema, que la treu de polleguera:

—Per a mi sempre seràs igual.

L'Abel odia aquesta frase. Sospira, cansat de tot plegat. Sent com la seva mare entra a la cambra de bany i obre l'aigua de la dutxa. Roman en silenci, assegut al llit, rumiant. Deixant enrere la son, de mica en mica. Quan, uns quinze minuts més tard, la mare obre la porta, a la seva veu no hi ha ni rastre de la conversa anterior.

—Avui he trobat una bona peça: una guineu. L'han atropellat. Està molt fresca! —diu una Rosa animada, des de la cambra de bany—. Però a més et tinc una sorpresa especial, ja ho veuràs.

L'Abel deixa anar un altre sospir de resignació. Es treu el pijama i es posa uns texans negres que li van balders i una samarreta blanca de cotó. El seu estómac deixa anar un rugit que recorda un tigre. Busca les sabatilles, se les posa. Es torna a quedar quiet, mirant-se els peus, fent un esforç per despertar-se. Encara li cal una estona més per estar en plenitud de facultats. Això, segons la seva mare, també forma part de la malaltia.

—No vols saber què és? —fa la Rosa.

—El què?

—La sorpresa.

«No, mare, no la vull veure. No m'interessa la teva sorpresa, que de totes maneres em puc imaginar. I encara que mai no m'atreviria a dir-t'ho, tampoc no m'interessa la meva vida. La nostra. La vida que tu vols per a mi.

»Cada cop puc entendre menys la teva fal·lera per patir. Pateixes perquè vols, mare. Jo no t'ho demano. Jo podria estalviar-te part d'aquest patiment si em deixessis ser com sóc. Ser allò que sóc. Estic canviant, encara que tu no vulguis adonar-te'n. No perquè tingui gairebé disset anys, sinó perquè ha passat alguna cosa especial. Ha passat *algú* especial. Mai com ara havia sentit que ja no sóc una criatura. Però deu ser llei de vida, mare. Sembla que no pugui ser, però em penso que he trobat algú que m'entén».

—És una cosa viva. Ha caigut en una de les trampes del jardí.

Aquesta última frase la Rosa l'ha dita com si anunciés alguna cosa increïble. De petit, almenys, l'hi semblava. Li agradava sortir a fora, començant pel moment que la seva mare feia girar les claus dins dels panys de la porta principal, una per una. Era un moment fantàstic, un instant de llibertat que li agradava molt.

Ara les coses han canviat. Començant per ell mateix. Ja no té els mateixos gustos de fa deu anys. La seva mare sembla que no se'n vulgui adonar.

—És clar —respon—, què és?

—Vine!

La Rosa li agafa la mà i junts baixen l'escala cap al jardí. És un pas repetit moltes vegades però que avui a l'Abel li sembla, per primer cop, ridícul. Ja és força més alt que la seva mare. Les seves mans pàl·lides són molt més grans que les d'ella.

Junts travessen la segona porta, la que comunica amb l'hangar de la llar de foc i després l'Abel s'espera, amb la paciència de sempre, que la seva mare acabi de fer girar claus dins dels panys i la porta s'obri, per fi.

El pas queda lliure, i ella li diu, amb molt de misteri:

—A la segona gàbia, a veure si t'agrada.

El comentari no calia, perquè totes les gàbies són buides, amb l'única excepció d'aquesta, on l'Abel troba el cos ensangonat de la mostela. Clava uns copets a la reixa.

—És morta, mare —fa.

—Com? No pot ser! Si l'acabo de deixar... —La mare, que no se'n sap avenir, mira dins la gàbia. També ella li clava uns copets.— Ep, tu, malagraïda, per això t'he donat aigua?

No hi ha dubte: amb aigua o sense, la mostela és morta.

L'Abel fa una ganyota de disgust amb la boca i la mare l'imita.

—Ho sento, fill. Fa un moment era viva, t'ho prometo.

—Té una pota destrossada, mare.

—És clar, perquè se l'ha enganxada a la trampa. Però era viva.

—Mare, és horrible que continuïs fent servir les trampes. Per què no em deixes que ho faci a la meva manera?

—Ni parlar-ne! —salta la Rosa, mentre es torna a posar el seu guant gruixut de jardiner i treu la infortunada bèstia de la seva presó mortal—. Em pensava que l'última vegada ja havia quedat clar! No puc suportar més preocupacions, ni més patiments... No pot ser, Abel, ho has d'entendre. La gent normal no surt a caçar quan es fa de nit!

—Però seria facilíssim. El bosc és ple de rosegadors i d'aus.

—I què menjaries? Ratolins?

—El que fos. El que hi hagués.

—M'hi nego! No puc permetre que t'alimentis de rosegadors! A més, el bosc és ple de perills.

—Mare, se suposa que el perill sóc jo —respon, tímid.

La Rosa se'l mira, seriosa. Qualsevol diria que d'un moment a l'altre començarà a plorar. Sota la claror de la lluna, la seva cara és pàl·lida, però gens ni mica comparada amb la de l'Abel, que és del color del guix. Llavors, la Rosa comença a riure i diu:

—Va, passa, perill meu. No hi donis més voltes, d'acord? Ja me n'ocupo jo, del teu menjar.

—I no ens podríem quedar aquí fora una estona més?

—Ni pensar-ho! En aquesta època de l'any refresca molt. Aquesta nit glaçarà.

L'Abel no sap per què fa preguntes, si ja en coneix totes les respostes. Entren un altre cop dins de casa. La Rosa deixa la mostela sobre la taula de billar i s'afanya a tancar tots els panys, un per un. Mentrestant, l'Abel acaricia la bestiola de la pota destrossada que jau sobre el feltre verd. Encara és calenta.

El noi no ha previst les conseqüències dels seus actes. L'ha acaronada amb compassió, amb tendresa humana. En canvi, l'escalfor del cos de la mostela ha provocat en ell alguna cosa innata, insofrible. El seu instint. Aquest que mira de dominar, tot i que no se n'acaba de sortir. Encara.

Amb un gest gairebé desesperat, ha agafat el petit mamífer entre les mans, l'ha posat de panxa enlaire, com si fos una panotxa peluda de blat de moro, i l'ha ensumada amb rapidesa, àvidament. Tot seguit li ha clavat els ullals i ha xuclat amb totes les seves forces. La sang ha passat d'un mamífer a l'altre en només uns segons. Dolça, tèbia, espessa saba de mostela. Li encanta, és de les seves preferides.

Quan la seva mare ha acabat i es gira, encara alegre, confiada, desprevinguda, topa cara a cara amb una escena a la qual no aconsegueix acostumar-se, per molts anys que passin. Mai no podrà. Quants cops li ha dit al seu fill que ha d'anar a la banyera per menjar? Que la banyera és l'únic lloc de la casa on les sobres del banquet poden esborrar-se sense que li costi una malaltia? Sap que no és culpa del noi, que els seus instints són —en això— molt més poderosos que la seva obediència. I contra l'instint no s'hi pot fer res.

La boca de l'Abel regalima sang. També té les mans tacades de vermell, el mateix que el cos sense vida del mustèlid. Una sang fosca, vellutada, brillant. Unes quantes gotes han tacat el terra i la roba de l'Abel. Però el pitjor no és això. El pitjor és el gest del seu fill, la manera com ha encorbat l'esquena per menjar, la imatge del plaer dibuixada a la seva cara. En un gest, una expressió, una urgència per l'aliment que no són humans. És el posat que defineix el seu noi com allò que és gairebé des de l'inici de la seva vida: un hematòfag, un xucla-sang. Un malalt sense remei.

—Ho sento moltíssim, mare —diu l'Abel, avergonyit, quan se n'adona, i llença el cos de la mostela a terra.

L'animal cau com la clofolla d'un plàtan un cop se n'ha tret el fruit.

—Aquí no —el renya la Rosa, assenyalant el cadàver—. Ja saps per a què serveixen, les bosses negres.

L'Abel, dòcil, obeeix. Recull el cos de l'animal i el porta al racó, on l'espera una galleda de les escombraries amb una bossa de plàstic. El llença dins. La mostela hi cau amb un plof sec, sense importància.

—I ara vine amb mi, que et donaré la galleda de fregar. Si ho fas, ho neteges, ja ho saps —sermoneja la Rosa, sense deixar d'assenyalar la sang que taca el terra, molt esverada, amb un dit acusador.

L'Abel s'eixuga la boca amb la mà. La samarreta blanca està tacada de sang.

—Però, abans, sisplau, renta't i canvia't de roba, fill meu. Vas fet una fàstic, sembla mentida.

El xucla-sang, capcot, fa el que li diuen.

3

FINS QUE VA FER TRETZE MESOS, l'Abel va ser un nen normal. La Rosa el portava a passeig dins del seu cotxet i de tant en tant el posava al sol, com fan les mares amb els seus nadons, perquè se li enfortissin els ossos. Era un nen rodanxó, de pell rosada i suau, que reia a totes hores, fins i tot quan dormia. No s'assemblava gens al jove sorrut en què va convertir-se més tard.

La Rosa sap que ella en va tenir la culpa. Ella i la seva maleïda mala sort. Hi ha persones, n'està convençuda, que neixen amb l'ombra de la mala fortuna a sobre. Ella, sense anar més lluny, n'és una.

A més, hi ha desgràcies que tenen nom propi. La seva es va dir Arístides. Un nom misteriós per a un ésser fugisser a qui tant de bo no hagués conegut mai.

Va aparèixer de cop i volta a la benzinera, com un client qualsevol. Era molt atractiu —uns vint-i-cinc anys, cos de gimnàs, cabells llargs del color de l'atzabeja—, anava vestit de negre de cap a peus i conduïa un cotxe esportiu, car, també negre. Va arribar poc després de caure la tarda. La Rosa va pensar que el destí havia fet que els seus camins s'encreuessin. Després va saber que no havia estat cosa del destí, ni de la casualitat. Ell la va detectar. L'Arístides sabia prou bé on anava. Els seus instints el van avisar i, com sempre feia, els va seguir sense ni pensar-s'ho.

Només veure'l baixar del vehicle, la Rosa va fixar-se en ell. No era fàcil no fer-ho. Tenia les espatlles amples i la cintura estreta. Els seus bíceps i els seus músculs poderosos marcats sota la samarreta cenyida atreien totes les mirades. Barba d'un parell de dies, llavis molsuts, ulls brillants. Mans de dits llargueruts, estilitzats. Ungles retallades amb cura. En resum, un aspecte impecable i un cos preciós.

—No sabia pas que a les benzineres hi treballessin deesses —va dir, només ensumar-la.

La Rosa li va aguantar la mirada. Mai no havia sortit amb un home més jove que ella. Era la primera oportunitat que se li presentava des de...

Va somriure. Fent l'esforç perquè el gest no semblés premeditat, va deixar-se anar els cabells. Un ble del color del coure li va caure sobre la mirada. Va alegrar-se d'haver anat a la perruqueria la tarda abans i d'haver-se tenyit d'aquell color tan sensual. Ho va fer perquè s'acostava Nadal i no li agradava gens la idea de no fer res especial per celebrar-ho.

—No penses dir-me res, ulls bonics? —va preguntar el desconegut, deixant sobre el taulell un bitllet gran i arrossegant-lo amb la mà fins que els seus dits van tocar els d'ella.

Les pulsacions de la Rosa van començar a córrer. En només uns segons, va estudiar els avantatges i els inconvenients d'aquella estranya oportunitat.

Feia molts anys que sabia reconèixer els caçadors de preses fàcils. Es feien mirar i eren irresistibles, sabien com atraure les seves víctimes fent servir el seu encant i aconseguir d'elles allò que havien anat a buscar. Després, escapaven sense que ningú no els veiés i sense mirar enrere. En altre temps els odiava, perquè encara es pensava que l'amor etern existia.

Amb trenta anys acabats de fer, la Rosa havia deixat de creure en l'amor i s'estimava més creure en ella mateixa. Sobretot després que l'últim i el més important dels amors de la seva vida l'abandonés per sempre, després de deixar-la embarassada.

Ja no buscava homes amb qui compartir la vida. En tenia prou amb trobar-ne algun que la fes feliç durant una nit. Que la fes tornar a sentir-se desitjada, que l'ajudés a relaxar-se, que la portés a fer un tomb amb el seu supercotxe. Si a sobre era guapo, encara millor. Si sabia dir coses d'aquelles que no s'obliden, era gairebé perfecte.

L'Arístides va resultar ser el candidat ideal.

Abans de deixar que repetís la pregunta, quan començava a notar que el desconegut es neguitejava, la Rosa va clavar:

—Em penso que ets el meu regal de Nadal.

Ell va somriure, encantador.

—I a més, estic d'oferta —va respondre.

La va mirar de tal manera que la Rosa va notar com un calfred li corria per l'espinada. Va ser com un corrent elèctric.

—A quina hora vols que et passi a buscar?

—Plego a les set.

—Perfecte, deessa meva. Vindré una mica abans perquè no se m'avanci ningú.

La Rosa va adonar-se que li mirava els pits. Li va semblar que es passava la llengua pel llavi superior, com un gat que es rellepa. Era un descarat encantador.

Li va somriure amb picardia i va dir:

—Aquesta no és la meva talla, no et pensis. És que estic alletant.

L'Arístides va fer que sí amb el cap.

—Sí, ja m'ho havia imaginat —va dir, sense deixar de mirar-la.

Ella també va mirar el cul al desconegut, mentre s'allunyava, sense deixar de notar el pessigolleig de l'emoció a l'estómac.

Aquella va ser una bona nit. Va sentir-se com mai abans: afortunada.

Encara li faltava una estona per sortir quan va telefonar a la Mercè, la seva amiga, per preguntar-li si podia deixar-li una estona més el seu fill. Fins a les deu.

—Després de sopar no t'amoïnarà gens —va explicar-li—. És molt dormilega, mai s'adorm més enllà de les vuit del vespre.

La Mercè no la va deixar ni acabar:

—I tant que sí, dona! Passa-t'ho bé, que t'ho mereixes. Per mi, com si me'l vols deixar tota la nit. No hi tinc cap problema.

No, tota la nit no. La Rosa no podia imaginar-se una nit sencera sense el seu petitó. L'Abel era l'única cosa bona de debò que li havia portat la vida, encara que fos mitjançant aquell idiota irresponsable i covard que per casualitat va ser son pare. Durant els darrers tretze mesos, el temps que feia que el seu fill era al món, la Rosa només havia viscut per a ell, oblidant-se de tota la resta: de sortir, de tenir temps per a ella mateixa, de relacionar-se amb algun amic especial... Com a molt, de vegades acompanyava la Mercè al mercat i s'enduia el nen, això si tenia el dia lliure. La resta de la setmana la passava treballant a la benzinera mentre la seva amiga, que tenia una botigueta de flors, li feia el gran favor de tenir cura del nen. Només havia aconseguit una plaça de mitja jornada en una llar d'infants pública. Si no hagués estat per la Mercè no hauria sabut com fer-s'ho per treballar i estar pel nen. Per sort, hi havia amigues com ella, al món, sempre disposades a fer un favor.

A un quart de tres, la Rosa telefonava a la Mercè. Cada dia. Li preguntava per l'Abel. Si havia menjat, si dormia, si estava content... Quan estava malalt era per a ella una tortura, perquè el seu cap no li perdonava ni mitja hora i s'havia de quedar darrere el taulell, aguantant camioners i somrient a tothom, mentre el seu cor i el seu cap eren ben lluny d'allà, al costat del seu nadó. Per sort, el nen tenia bona salut i no es posava malalt fàcilment. Segurament —pensava la Rosa— tot plegat tenia a veure amb la manera com l'estava criant, amb la seva pròpia llet, com sempre havia volgut. Tot i que alletar i treballar fora de casa era molt difícil. S'havia de treure la llet amb un estri especial i donar-la a la Mercè perquè el nen se la prengués per berenar. Tot i això, a la tarda es notava un altre cop els pits a punt de rebentar, plens de llet. Només arribar a casa, alletava l'Abel, que a aquelles hores es moria de fam. El nen xuclava amb molta energia, amb una vitalitat magnífica, que a la Rosa la feia riure de felicitat. El seu cos, com la seva vida, estava completament al servei de les necessitats del seu fill.

Menys aquell dia. S'acostava Nadal i la Rosa havia decidit ser una mica egoista, encara que fos per una vegada.

Va entrar al bany uns quants cops més abans d'acabar la jornada, aprofitant petites estones en què no hi havia clients. Va dibuixar-se sota els ulls una ratlla negra i gruixuda. Va pintar-se els llavis del color de les cireres madures. Es va raspallar els cabells. Per sort, s'havia posat la samarreta negra, la més escotada que tenia, que deixava endevinar els seus pits dues talles més grans del que en ella era normal. Se'ls va mirar al mirall, satisfeta, i per primer cop va pensar que potser alletar el seu nadó podia tenir per a ella algun benefici inesperat.

A darrera hora va canviar-se. Va deixar la bata blava de l'uniforme i es va posar la jaqueta de cuir. Les sabates planes les va substituir per unes de taló que feia mesos que tenia a l'armari, per si es presentava l'ocasió d'estrenarles. Va sortir caminant amb moviments de model de passarel·la, després de dir adéu amb veu alegre als seus companys, que se la miraven astorats. Va adonar-se que el seu cap aquell dia li mirava les cames.

El seu regal de Nadal ja havia arribat. La va saludar amb una de les seves floretes:

—Aquesta serà la teva nit, deessa meva. Et prometo que la recordaràs sempre.

La Rosa no va preguntar on anaven. Tant li feia. Hauria seguit aquell desconegut guapo allà on l'hagués portada.

Li va semblar estrany que no li proposés d'anar a sopar, però l'hi va perdonar. A canvi, la va portar a un mirador de la muntanya, des d'on li va ensanyar les constel·lacions i les estrelles. Assenyalant aquells punts de llum li va explicar històries fascinadores de mítics guerrers, d'amants que ho eren per a tota l'eternitat i de passions impossibles, mentre l'abraçava i la besava per primer cop. La nit era freda, però el cos de l'Arístides bullia com si tingués febre. En aquell moment la Rosa no va entendre quin sentit tenia allò. No en sabia res, dels de la seva condició, com gairebé tothom. Ella només gaudia de l'escalfor i de la companyia, i també de la manera com ell l'agafava per la cintura, li acaronava les mans o li petonejava el coll.

Eren quarts de deu quan la Rosa va dir:

—Et ve de gust venir a casa meva a prendre una copa?

Havia de tornar. Li havia dit a la Mercè que recolliria l'Abel a les deu, com a molt tard. No hi havia hagut sexe i encara no volia renunciar-hi, però el seu fill era el primer. Al seu acompanyant no li va fer res.

—És clar, anem a casa teva —va dir—. Mai no he vist on viuen les divinitats.

—Em penso que et decebrà —va murmurar ella, mentre l'Arístides feia bramar el motor de l'esportiu.

Van aparcar al carrer del barri de la perifèria on ella vivia des de feia un parell d'anys. Mentre ell maniobrava per deixar el cotxe en una filera de vehicles en bateria, ella va anunciar:

—Ara torno.

La Mercè vivia sobre la botiga de flors, dues portes més enllà de casa seva. Va desaparèixer rere la porta de vidre i alumini i no va trigar ni deu minuts a tornar, aquest cop empenyent el cotxet del petit.

En veure-la, l'Arístides va fer un posat estrany. Com si conegués el nen i s'alegrés molt de tornar-lo a veure.

—Aquest és el meu fill —va anunciar la Rosa, ensenyant-li l'evidència i acaronant la galta suau del petitó, que dormia plàcidament—. Espero que això no et faci canviar els plans.

L'Arístides va mirar el nen amb ulls brillants. La Rosa va pensar que potser s'havia equivocat, amb ell. Potser era d'aquells pocs individus, de tots els del sexe masculí, que somnien amb una vida de debò i que fins i tot volen ser pares. Aquells homes que ocupen gran part dels somnis de les mares soles de tot el planeta.

—Per descomptat que no canvia els plans —va somriure ell, encantador—. És preciós. Ets una dona amb sort.

La Rosa va sentir-se bé. Com si conegués l'Arístides des de feia molt de temps. Va deixar el nen al bressol i va obrir una ampolla d'un bon vi, que tenia reservada per a una gran ocasió.

Li agradava la gent que no fa preguntes. Que no fica el nas allà on no el criden.

Asseguts sobre l'estora, recolzats en uns coixins i parlant de mil coses, van xerrar i beure. Ella sola es va beure tota l'ampolla, perquè l'Arístides no el va ni tastar, el vi. Tot just escurava la segona copa quan ell ja tornava a besar-la apassionadament i una estona després van fer l'amor —més d'un cop— allà mateix. L'Arístides tenia la pell aspra i el cos li cremava, però era el millor amant que havia conegut mai. Atent, incansable. Va ser el millor regal de Nadal de tota la seva vida.

Quan va caure esgotada, ell li va portar un coixí i una manta. La va acotxar sobre l'estora, amb molta tendresa.

—He de donar de menjar al nen —va murmurar, baix baixet.

—Descansa. El nen dorm. T'avisaré quan es desperti —li va dir el seu amant, a cau d'orella, amb veu molt dolça.

Els pits li feien mal. Els tenia molt inflats. Tot i això, va fer cas d'allò que acabava de sentir. Aquelles paraules van ser el més bonic que li havien dit en molt de temps. Per primer cop en tretze mesos va relaxar-se, va delegar la responsabilitat i va dormir de debò, a cor què vols, sense patiments. Va abaixar la guàrdia.

Abans de submergir-se en el son, la Rosa va sentir una mena de rugit. Molt a prop. Era com si sortís de l'estómac del seu convidat.

—Què ha estat, això? —va preguntar.

—No res. Descansa. No t'amoïnis per res.

L'Arístides li acaronava els cabells mentre deia aquestes paraules.

Avui la Rosa ho sap prou bé, què era, el rugit. Gana. L'Arístides tenia gana. Quan tenen gana, les tripes dels xucla-sangs bramen com una dotzena de lleons.

La Rosa va dormir d'una tirada. Va ser un somni dolç, plaent, llarguísim. De fet, va ser l'últim descans veritable de la seva vida.

Quan es va despertar, el sol entrava a raig pels finestrals de la saleta i l'Arístides ja no hi era.

«En alguna cosa havia de ser com els altres», va dir-se, amb resignació.

En aquell moment va notar una fiblada de dolor als pits i això va recordar-li de cop el seu petitó. Feia un munt d'hores que no menjava! Va llevar-se d'una revolada.

La casa estava immersa en un silenci estrany. Quina hora era? Com era possible que l'Abel no s'hagués despertat encara? I si li havia passat alguna cosa? Mai no havia aguantat tantes hores amb l'estómac buit!

Va córrer cap a la cambra del seu fillet, amb el pressentiment més dolent de tots bategant dins del seu cor. L'habitació estava a les fosques, la finestra tancada i la persiana abaixada. L'Abel era al seu llit, cap per amunt, molt quietó, amb els ulls tancats. Durant un segon, la Rosa va pensar que era mort. El va mirar horroritzada, a punt de posar-se a plorar. Va apartar el llençol del cosset petit. Llavors va adonar-se que dormia plàcidament, tot i que la seva respiració era molt i molt lenta, gairebé imperceptible.

Seguint el seu instint va agafar el nen a coll. El primer que va notar va ser la temperatura. Com si tingués molta febre. Se'l va acostar als pits nusos, va provar d'alimentar-lo. El nen no reaccionava. El seu son era tan profund com mai no ho havia estat. La Rosa va insistir (qui hi ha, més cabut que una mare?) i un cop i un altre ho va tornar a intentar, fins que l'Abel va girar la cara amb una ganyota de fàstic, deixant clar que no volia mamar. En cap moment, però, no va obrir els ulls.

A la Rosa no li va quedar cap altre remei que donar-se per vençuda. Amb el seu fill a la falda, es va deixar caure sobre una cadira. Va acaronar les galtes al petit, va inspeccionar-li el cos centímetre a centímetre.

Tenia les galtes aspres com el paper de vidre.

La pell pàl·lida com la claror de la lluna.

La marca de dos ullals a la seva cuixa dreta, exactament sobre la femoral.

Va comprendre que, malgrat tot, havia tingut molta sort. El seu fill no era mort. Només una mica diferent. Però, al cap i a la fi, encara era el seu fill.

Ara ja sabia què era allò que el caçador havia anat a buscar.

4

DESPRÉS DE SOPAR, l'Abel sempre pren una dutxa. Odia aquesta olor acre que li queda a la roba i a la pell. També odia la visió dels animals morts sobre la porcellana blanca de la banyera. S'alimenta per necessitat i estranyament hi troba cap plaer. Si pogués permetre's deixar de menjar, ho faria amb molt de gust.

Surt de la cambra de bany amb la bossa d'escombraries negra on ha ficat les deixalles.

—Vols que la porti al cotxe? —pregunta a la seva mare.

La Rosa salta de seguida:

—No, ja ho faig jo. Deixa-la al costat de la porta.

—No penso escapar-me, mare —diu l'Abel, en to de cansament.

La Rosa s'eixuga les mans amb el davantal i somriu sense ganes. Va cap a la cambra de bany.

—Vés una mica a veure la tele, va. De seguida vinc.

Inspecció rutinària. Cada dia el mateix. La seva mare entra al bany i s'ho mira i remira tot. Busca alguna resta, algun descuit, alguna evidència desagradable.

Fins fa un parell d'anys, ella ho netejava tot, de pressa, amb cara de fàstic, sense deixar de queixar-se ni un moment. Fins que un dia va dir:

—Ja ets prou gran per recollir les teves coses, fill. A partir d'ara, netejar el bany per deixar-lo com l'has trobat és cosa teva.

L'Abel la sent caminar pel passadís i pensa que avui també ha aprovat l'examen. La seva mare no té res a dir. Més tranquil·la, torna a la cuina per continuar fent-se el sopar. Una estona més tard, entra a la saleta amb una safata a les mans i s'asseu al sofà, al costat del seu fill.

L'Abel no té ganes de veure la televisió però passa l'estona tot mirant una sèrie americana. De tant en tant dóna un cop d'ull al rellotge de paret, en el qual aquesta nit els segons avancen amb més lentitud que mai, com si volguessin jugar a desesperar-lo.

En el capítol d'avui de la sèrie americana la protagonista —una noia rossa i preciosa— clava una estaca de fusta al cor d'un atacant nocturn que té cos de gimnasta. La sang brolla com d'un sortidor del pit foradat de la víctima.

—Treu això, per l'amor de Déu —diu la Rosa, amb cara de repugnància.

L'Abel busca el comandament a càmera lenta, sense apartar els ulls de la pantalla. Vol saber com acaba l'escena, s'indignaria si el jove morís amb tanta facilitat. Tot plegat no pot ser tan senzill. Aquest paio donava molta guerra fins aquest mateix moment, no és just que ara acabi com un mosquit encastat en una sola de sabata. La sang tenyeix el drama de color vermell fosc.

—Fill, sisplau, se'm tallarà la digestió —diu la mare—. Posa unes notícies, va, que sapiguem què ha passat al món.

El monstre de ficció s'aixeca de sobte, amb l'estaca de fusta clavada al cor, i fa un intent de mossegar la rossa amb la ràbia d'aquell que acaben de trair. És una escena impressionant. L'Abel està com hipnotitzat. S'alegra pel personatge masculí i reconeix que si ell es trobés en idèntiques circumstàncies, davant d'una noia tan guapa, potser també correria al seu darrere encara que fos amb una estaca dins del cor. Però llavors la rossa fa una cosa inesperada: d'algun lloc treu un tauló i el fa servir per colpejar el pit del noi un, dos, tres, quatre cops, fins que l'estaca el travessa de costat a costat i el pobrissó cau d'esquena, amb els ulls esbatanats i una expressió a la cara que vol dir «jo mai no t'hauria fet això, reina».

—Dóna'm el comandament! —crida la mare, enfurismada de tant veure sang i fetge.

L'hi treu de les mans i canvia de canal. Una presentadora gran, vestida com si anés al casament d'una neboda, parla d'un terratrèmol que ha passat fa poques hores en alguna banda del continent asiàtic. A les imatges, cases esfondrades, equips de rescat, gossos de la policia, polseguera, persones que ploren perquè ho han perdut tot o —pitjor— perquè no troben un ésser estimat que ha desaparegut durant la catàstrofe.

A l'Abel res de tot plegat no li interessa gens. Observa com menja la seva mare. Ous remenats amb patates i un gotet petit de vi negre. Li crida l'atenció el delit amb què s'alimenta, les mossegades que clava al pa, amb quines ganes mastega. Troba que és un espectacle fastigós. L'olfacte de l'Abel és poc sensible a aquesta mena d'aliments. I, encara que ho fos, no li diuen res. Per a ell, seria el mateix si la seva mare s'estigués cruspint una cadira.

S'aixeca, impacient, i se'n va a la seva habitació.

—No podries esperar que acabi? —fa ella—. No m'agrada gens sopar sola. Així parlem una mica.

Un pla poc atractiu.

—Mai no m'expliques res —diu la Rosa.

—I què vols que t'expliqui?

—No ho sé... Les teves novetats. Què vas fer ahir.

Per tota resposta, una ganyota poc convençuda. L'Abel mira cap a una altra banda i pensa: «Segur que se'm nota. Ella em notarà alguna cosa».

Fins no fa gaire, no hauria dit cap mentida responent que no tenia cap novetat, ni una. La seva vida era una cadència monòtona, nit rere nit, on mai no passava res. Ara no. Sota mateix dels seus peus hi ha hagut un terratrèmol molt més fort que aquest que acaben de veure a les notícies. El pateix des de fa poc temps, però a hores d'ara és incapaç de preveure quanta força ha de tenir ni quines coses esfondrarà. Però pensa que pot passar de tot.

La Rosa no s'adona que el seu fill no la mira als ulls. Ni tan sols sospita què li passa, a l'Abel. Sense adonar-se'n, fa exactament el que el noi vol: canvia de tema i no hi dóna més importància.

—Tens més gana? —pregunta.

—Estic bé.

—Estàs tan prim...

—És normal, mare. Ja ho saps.

—Demà et portaré alguna cosa especial, ja ho veuràs. T'agradarà —diu.

L'Abel arrufa les celles. Les ocurrències de la seva mare li fan por. L'últim cop que en va tenir una, va ser horrorós. Va fer-lo sentir fatal. Tot i això, l'experiència no va servir de res, perquè no hi ha res que faci canviar de pensament la Rosa un cop se li ha ficat una cosa al cap. A més, l'Abel sap prou bé que depèn d'ella per a gairebé tot, si més no, de moment. De manera que només hi ha una solució: callar i aguantar.

Tot i que el seu terratrèmol personal amenaça amb un canvi.

Si ell pogués triar com viure, tot seria molt diferent. Sortiria a caçar. Menjaria ratolins, talps, gats salvatges o aus. Bon aliment assegurat, sempre fresc, sempre viu. Sense crueltats innecessàries, ni ensurts. Menjaria al bosc, sota les estrelles. Després, tornaria tranquil·lament a casa. No s'hauria d'amagar de ningú ni se sentiria un monstre. De tant en tant, potser faria una volta. Sempre després de sopar, amb l'estómac en calma, per no cridar l'atenció. Perquè el rugit ferotge dels budells no el delatés.

Mira l'hora. Encara en té per a una bona estona, però decideix esperar davant l'ordinador, escoltant una mica de música. S'aixeca de nou, camina cap al passadís. Les paraules de la seva mare l'aturen una altra vegada:

—No tens ganes de saber què t'he preparat per celebrar el teu aniversari? —insisteix ella.

—M'estimo més la sorpresa —menteix ell, delerós per tancar-se d'un cop dins els seus dominis.

—Fill, sisplau, porta la safata a la cuina, vols? —La seva mare deixa un coixinet sobre la tauleta i hi recolza els peus. Fent anar el comandament a distància, afegeix:— A veure si trobo algun programa que es deixi mirar.

L'Abel obeeix les seves ordres, com sempre. S'ajup per agafar la safata del damunt de la tauleta i aprofita per mirar directament la seva mare als ulls.

—Qualsevol cosa estarà bé, mare —diu—. No facis cap ximpleria d'aquelles teves, d'acord?

—És clar, fill meu. Confia en mi. Jo sé de sobres què et convé més.

Confiar. Convenir. Dos verbs que en aquesta casa tenen significats complexos. I, per descomptat, diferents segons qui els pronunciï.

—Avisa'm si necessites que t'ajudi amb les bosses —són les últimes paraules que diu l'Abel abans de buscar refugi en la seva habitació.

Un cop allà, tanca la porta, s'asseu davant la pantalla de l'ordinador i respira alleujat.

Potser seria més adequat anomenar «refugi» aquest lloc. El seu cau. És la cambra més gran de la casa. En un costat hi ha el llit, envoltat dels seus llibres —tots comprats per internet—; a l'altre, la taula amb l'ordinador, els seus tres discs durs externs, els quaderns plens d'apunts de feina i els papers amb les lletres del que seran les seves primeres cançons, un cop se'n surti amb la melodia i la composició. També hi ha alguns apunts d'estudiant. Darrerament ha decidit ampliar els seus coneixements: anglès, antropologia, una mica d'història... Aprendre l'apassiona i el coneixement li sembla el millor mitjà per esdevenir una altra cosa. De roba, en té molt poca, perquè a penes en necessita. Hi ha dies que ni tan sols es canvia. Un parell de vambes (gairebé noves) i un altre parell de sabatilles d'estar per casa. I per a les videoconferències amb els clients (les mínimes possibles, perquè sempre mira d'evitar-les si pot), una camisa blanca i una corbata que li va portar la seva mare de vés a saber on. Devien ser de l'Hipòlit, perquè la camisa li ve gran. Tant se val: fa patxoca. De vegades, en els negocis convé semblar allò que no ets ni de bon tros.

No: en els negocis, de vegades, convé dissimular allò que ets.

Passa el mateix amb les persones o, almenys, amb la majoria. S'adona que darrerament es torna tot un professional de les falses aparences.

Mira sense esma les icones repartides per la pantalla, com si fossin ovelletes sobre un prat. Està desanimat i no li ve de gust treballar. D'aquí a un parell de dies ha d'entregar el disseny d'una nova pàgina web, però aquesta nit res no li interessa. Res? No. Només...

Obre la carpeta de música, disposat a triar la banda sonora de la seva jornada. Té moltes cançons on triar, però avui cap no li agrada prou. Els seus ulls avorrits repassen la llista de dalt a baix, buscant una melodia que escaigui al seu desànim. Jon Bon Jovi? Guns N' Roses? Covenant? Metallica? O potser millor alguna cosa clàssica? Vivaldi, Beethoven, Schubert, Elgar...?

Però cap de les músiques que algun cop s'han compost al món li sembla bona, aquesta nit.

En silenci, comença a taral·larejar una melodia. Mira l'hora. Les 22.03. Encara falta una eternitat per a la una de la matinada.

Obre un document en blanc i escriu:

El món val la pena
perquè tu en formes part.

Arrufa el nas, poc satisfet.

Les paraules no saben contenir els seus sentiments tal com ell voldria. És com si de cop i volta el llenguatge hagués perdut tota la seva utilitat de segles. El que no sap l'Abel és que el llenguatge i els enamorats poques vegades estan d'acord.

Llegeix un parell de cops els versos que acaba d'escriure i pensa que no són prou bons, que no mereixen formar part de cap cançó. Els esborra i tanca el document.

«Hauria de posar-me a treballar», li diu la veu de la consciència, sempre tan responsable, des d'algun racó del cervell.

Però en comptes de fer-li cas, i d'un sol clic, obre la carpeta que duu per nom «Converses amb la Fosca». Les ha conservat totes, des de la primera, amb interès de bibliòfil o de col·leccionista de papallones. I com ells, pensa que són un tresor preuat, que el fa feliç tenir. Aquestes converses són alguna cosa bonica, delicada, fugissera i estranya que li ha passat. Des que formen part de la seva existència avorrida, també la vida li sembla bonica, delicada, fugissera i estranya.

Obre la segona conversa. Podria haver-ne triat qualsevol altra. Se les sap totes de memòria, però no hi fa res: recordar és com reviure. Quan la vida et fa esperar, el record és un bon remei contra la impaciència.

Tenir la Fosca a prop és el millor de la seva vida.

SEGONA CONVERSA

Fosca: Hola.

Weird: Hola.

Fosca: No t'havia vist.

Weird: Ja.

Fosca: Fa molt que ets aquí?

Weird: Unes dues hores ben bones.

Fosca: Ui! Perdona'm, estava escrivint l'entrada del bloc.

Weird: L'acabo de llegir.

Fosca: Caram, que ràpid.

Weird: M'alegro que estiguis millor.

Fosca: Gràcies.

Weird: Puc dir-te una cosa?

Fosca: I tant.

Weird: El que escrius al bloc em fa venir ganes de viure.

Fosca: Ostres, que fort.

Weird: El què?

Fosca: No ho sé. Sona molt bèstia.

Weird: És la veritat.

Fosca: És molt bonic.

Weird: M'encomanes energia. No t'ho sé explicar millor. Després de llegir-te, és com si tot valgués la pena de sobte.

Fosca: Abans no t'ho semblava?

Weird: No, gairebé mai.

Fosca: Per què?

Weird: La meva vida és molt avorrida.

Fosca: Potser l'avorrit ets tu.

Weird: No seria tan estrany.

Fosca: Mm? No, no crec que siguis avorrit.

Weird: Igualment, tu no saps res de mi. Ben al contrari del que em passa a mi.

Fosca: Sí.

Weird: Escolta, em sap molt greu que estiguis passant per un mal moment.

Fosca: Mal moment és poc. Horrible, desastrós.

Weird: De vegades les coses dolentes porten coses bones.

Fosca: Ah, sí?

Weird: A més, si no existissin mals moments no sabríem reconèixer els bons.

Fosca: Ostres, ets filòsof o què?

Weird: Pitjor. Sóc poeta.

Fosca: Poeta?

Weird: Sí.

Fosca: Escrius poemes?

Weird: Cançons.

Fosca: Amb música i tot?

Weird: Amb la música començo ara. N'estic aprenent.

Fosca: Deu ser difícil.

Weird: Cal tenir un bon motiu.

Fosca: Ah, sí? I el teu quin és?

Weird: Tu.

Fosca: ?

Weird: T'estic escrivint una cançó.

Fosca: A mi?

Weird: Sí.

Fosca: Per què?

Weird: M'inspires.

Fosca: Deixa'm escoltar-la!

Weird: Encara no. Només tinc els primers acords.

Fosca: Però tu llegeixes tot el que escric jo. No és just!

Weird: Tens raó. Quan l'acabi, seràs la primera.

Fosca: Quan?

Weird: Espero que ben aviat.

Fosca: Ui, quins nervis. No triguis, va.

Weird: Has pensat allò que vam parlar l'altre dia?

Fosca: Una mica.

Weird: I ja has decidit què faràs?

Fosca: Encara no. No m'atreveixo a dir-ho al meu pare. S'enfadarà moltíssim.

Weird: Però és la teva vida. Tu vols ser escriptora!

Fosca: Però això és gairebé un somni.

Weird: I sempre ho serà, si no ho intentes. Has de creure en tu mateixa. Apostar per tu.

Fosca: Ni tan sols sé si puc canviar-me a un altre batxillerat.

Weird: Jo ho he investigat per tu. Pots.

Fosca: Ho he de pensar amb calma.

Weird: El teu pare ho haurà d'entendre.

Fosca: Hahaha! Com es nota que no el coneixes.

Weird: Parla-hi.

Fosca: Va, deixa el tema.

Weird: Està bé.

Fosca: No m'agrada parlar de mi.

Weird: Entesos.

Fosca: Explica'm coses teves.

Weird: Com ara?

Fosca: Segur que en tens 17?

Weird: Gairebé.

Fosca: Què vol dir gairebé?

Weird: Els faig aviat.

Fosca: Ets guapo?

Weird: Mmmmm... Sí, suposo. La meva mare diu que molt.

Fosca: Bah, ella no compta.

Weird: Ah, no? I per què?

Fosca: Perque les mares sempre ens troben guapos. No veus que som una cosa així com la seva obra? Alguna altra opinió?

Weird: La meva: sóc molt guapo.

Fosca: I gens modest, pel que veig.

Weird: Bé, diguem que als que som guapos de debò no ens cal la modèstia, hahaha!

Fosca: T'estàs quedant amb mi?

Weird: Només una mica.

Fosca: Doncs llavors ho hauré de jutjar per mi mateixa. Tens alguna foto?

Weird: Sí.

Fosca: Me l'envies?

Weird: No hi tinc cap inconvenient.

Fosca: Ets una mica estrany.

Weird: No. Molt.

Fosca: Ets alt?

Weird: 1,83.

Fosca: Tens algun germà?

Weird: Cap.

Fosca: Quina sort.

Weird: Depèn de com t'ho miris.

Fosca: Estudies?

Weird: I treballo.

Fosca: En què treballes?

Weird: Dissenyo pàgines web. Tinc la meva pròpia empresa i tot.

Fosca: De debò? I com t'ho has fet? Ets superdotat o alguna cosa així?

Weird: Alguna cosa així.

Fosca: On estudies?

Weird: A casa, pel meu compte. Vaig per lliure en gairebé tot.

Fosca: M'estàs impressionant!

Weird: Això pretenc, ni més ni menys. Hahahaha!

Fosca: Espero que no diguis mentides.

Weird: Mai no dic mentides.

Fosca: No ho sé, no ho sé...

Weird: Està bé, ara és el meu torn. Pregunto jo.

Fosca: Està bé.

Weird: Ets feliç?

Fosca: Quina pregunta més estranya.

Weird: En una escala de l'1 al 10, com ets de feliç?

Fosca: De l'1 al 10... Deixa que m'ho pensi... Un 5.

Weird: I què necessites per arribar al 7 o al 8?

Fosca: Escriure! Escriure em fa feliç.

Weird: Fantàstic! I per arribar al 9?

Fosca: 9 és molt! No ho sé... Potser tenir una família diferent.

Weird: I ara el més difícil de tot... Per arribar al 10? Pensa-ho bé.

Fosca: No ho he de pensar gens, però no t'ho diré.

Weird: Per què no?

Fosca: Perquè de moment no tens permís per conèixer tots els meus secrets. Aquest, me'l reservo.

Weird: La meva felicitat 10 seria estar al teu costat.

Fosca: De debò? Però si no em coneixes gens!

Weird: T'equivoques.

Fosca: D'acord, tret del que llegeixes al meu bloc.

Weird: Que és molt... Tens idea de tot el que hi has explicat, al bloc?

Fosca: Ets una mica fanfarró, potser?

Weird: Gens ni mica.

Fosca: El típic seductor de dissabte a la nit?

Weird: Encara menys.

Fosca: Odio els que se't tiren al coll quan t'acaben de conèixer.

[...]

Fosca: Perdona'm, em penso que deixaré aquí la conversa.

[...]

Fosca: He de rumiar tot el que hem dit.

[...]

Fosca: De vegades sembles un paio encantador i d'altres fas por.

[...]

Fosca: Weird?

[...]

Fosca: Estàs connectat?

[...]

Fosca: Està bé, tant se val. Me n'he d'anar igualment. Ja ens veurem.

[...]

Fosca: Sisplau, no triguis a escriure la meva cançó.

[...]

Fosca: Adéu.

[...]

Weird: Ho sento, ho sento, ho sento, la meva mare ha entrat a l'habitació i s'hi ha quedat més d'una hora.

[...]

Weird: Has marxat? Tant de bo que no.

[...]

Weird: Merda!

5

FA UN ANY, L'ABEL va tenir una gran idea: va posar un anunci en una pàgina d'ofertes de treball a internet.

> Programador amb experiència s'ofereix per dissenyar pàgines web a particulars i empreses.

Durant el primer mes, no li va escriure ningú. Va cansar-se d'esperar i va decidir moure peça. Avantatges de tenir molt temps lliure i moltes ganes de fer alguna cosa diferent. Va tenir una altra idea, després de moltes hores de voltar per la xarxa, tafanejant pàgines web que eren un desastre: va escollir les tres pitjors. No va ser fàcil: la llista de llocs web horribles era molt llarga. Sembla mentida, en plena era digital, que encara hi hagi empreses que descuidin d'aquesta manera la seva presència a internet. Va triar tres empreses de rams molt diferents: una cadena de botigues de roba, una editorial especialitzada en llibres d'autoajuda i un despatx d'advocats d'una gran ciutat. Durant moltes nits va treballar a fer nous portals per als seus tres clients imaginaris, més moderns i atractius que els que ja tenien. Va fer servir molta imaginació i tota la seva creativitat: va aconseguir dissenys atractius, continguts moderns i seriositat en la presentació.

Quan va tenir enllestides les pàgines, en va enregistrar la propietat intel·lectual i les va enviar a les empreses escollides juntament amb una carta que deia:

> Sóc un jove dissenyador de pàgines web que busca feina. Em penso que amb les meves idees i una mica de temps, la pàgina de la seva empresa podria millorar molt, ser molt més competitiva i atraure molts més clients que actualment. Els envio una petita mostra de la meva feina, que he fet en exclusiva per a vostès, perquè puguin estudiar-la. Per descomptat, sense cap compromís. Per si de cas els interessa el que he fet, els adjunto les meves dades de contacte i el meu *curriculum vitae.*
> Una salutació cordial de...

Per descomptat, el *curriculum vitae* era imaginari. S'havia afegit deu anys i havia inventat algunes empreses informàtiques per a les quals, se suposava, havia treballat. Casualment, totes eren desaparegudes, com deia ben clar al currículum. És a dir, impossibles de rastrejar. La fotografia sí que era la seva, però retocada per semblar menys pàl·lid, menys prim i menys jove.

Després de fer aquest pas, va témer haver fet una gran ximpleria donant a les empreses la possibilitat de copiar les seves idees, després, és clar, d'arxivar el seu missatge. Però les coses no van anar d'aquesta manera. El primer a respondre va ser el cap de recursos humans de la marca de moda. Li va donar les gràcies amb molta amabilitat i li va dir que ja havien contractat l'actualització de la seva pàgina amb una altra empresa, però que arxivaven les seves dades per si de cas en un futur... bla, bla, bla. Paraules i res més. Només va ser una manera de treure-se'l de sobre.

Va quedar ben clar quan un any més tard la pàgina de la cadena continuava com sempre. És a dir, encara era horrorosa. Però, llavors, a l'Abel ja no li importava. Simplement, esperava que li truquessin mentre treballava per a d'altres.

El despatx d'advocats va respondre vint-i-quatre hores després, demanant-li un pressupost.

L'Abel no s'ho podia creure! El seu primer client! Va mirar de no demanar una quantitat gaire alta, per no espantar-los. Després d'escriure mitja dotzena de correus electrònics, els advocats van dir que volien parlar amb ell «dels detalls» durant el decurs d'una entrevista personal. Li oferien fins i tot un bitllet d'avió perquè anés a Madrid per tenir l'entrevista en la mateixa seu de l'empresa.

L'Abel va continuar construint la seva personalitat de ficció. Va respondre de seguida, mirant de ser molt amable:

> Em sap molt greu, però no podré pas desplaçar-me fins a la seu de la seva empresa. Tot i que no els ho havia comentat en un primer moment, pateixo una greu minusvalidesa. Per treballar no m'afecta gens, però m'impedeix desplaçar-me gaire lluny de casa. Podríem tenir la nostra reunió, si els sembla bé, per videoconferència. Espero que aquesta circumstància no representi per a vostès cap inconvenient. Quedo a l'espera de les seves notícies.

El feia riure haver d'escriure aquelles coses —«espero que aquesta circumstància», «quedo a l'espera de les seves notícies»— però sabia prou bé que ho havia de fer. Hi ha un llenguatge per a cada món. Aquell en el qual volia entrar es conqueria amb amabilitat i frases fetes.

A més, no deia pas mentides. Oficialment, era minusvàlid. La seva mare havia aconseguit que l'Estat el reconegués com a tal quan només tenia un parell d'anys, presentant els informes que havien fet uns quants metges desconcertats que el van tractar després del contagi. «Porfíria aguda intermitent», va escriure un d'aquests metges en el seu informe, confonent els inexplicables símptomes que estava veient amb els d'una malaltia metabòlica que afecta els glòbuls vermells.

Porfíria aguda intermitent. Si algú volia comprovar-ho, ho podia demostrar. Però no va caldre.

Els clients van acceptar les seves explicacions i li van proposar fer la viodeoconferència a les dotze del migdia. L'Abel va haver de mentir un cop més: aquell dia tenia un compromís anterior amb uns altres clients i només li seria possible a partir de les sis de la tarda.

Per sort, era hivern.

Tot va desenvolupar-se sense més sorpreses. Va aconseguir no posar-se gaire nerviós durant la videoconferència —tot i que l'estómac li rugia com un motor vell—. Va ser la seva primera feina abans de crear la seva pàgina, en la qual va anunciar-se com a «Abel Bayal, creacions virtuals. Disseny i manteniment de pàgines web».

El segon client va ser una agència de models. Van seguir una immobiliària i l'editorial d'autoajuda a la qual havia ofert els seus serveis en primer lloc. En només un any, l'Abel tenia feina de sobres i fins i tot es plantejava buscar algú amb prou coneixements d'informàtica per «ampliar el negoci». Algú a qui, ho acceptava des del principi, mai no podria mirar cara a cara si entre ells no hi havia la pantalla de l'ordinador.

«Millor», pensava, «així m'estalvio haver de donar explicacions a la mare».

La seva mare estava molt orgullosa d'ell, tot i que tenia sentiments contradictoris pel fet que el seu fill guanyés els seus propis diners. D'alguna manera, aquells ingressos implicaven un canvi substancial en l'estranya forma de vida en què feia setze anys que estaven instal·lats. Els diners fan independents les persones i, per això mateix, tenen el poder de canviar les coses.

L'Abel vol que les coses canviïn.

6

—TENS UNA DE LES TEVES CLASSES, avui, fill? —pregunta la Rosa, traient el cap de cop i volta per la porta i somrient com una babaua.

Parla de les classes de guitarra. O d'aquest succedani de classes de guitarra que a l'Abel cada cop li fa més ràbia.

—Mare, sisplau, et faria res trucar abans d'entrar?

Mirada desconcertada de la Rosa. El seu fill té secrets per a ella. És molt dur per a una mare enfrontar-se per primer cop a aquesta evidència.

—Quina bajanada —diu ella—, que potser tens algun secret que jo no puc saber?

—No, mare, no és això, és que...

—Llavors, què passa?

—Només vull una miqueta d'intimitat —fa l'Abel, abaixant els ulls—. A més, la tele em desconcentra.

—Està bé, ja abaixo el volum. Però tu obre la porta.

La Rosa marxa i deixa la porta de la cambra del seu fill oberta de bat a bat. L'Abel s'espera que les passes deixin de sonar pel passadís, s'aixeca i tanca de nou la porta.

Li agradaria comprar un baldó. Es promet a ell mateix que ho farà així que faci divuit anys. Totes les persones tenen dret a una mica d'intimitat, a tenir els seus propis secrets.

Tenir secrets. Una altra manera de créixer.

7

L'ABEL SAP QUE AQUESTA NIT no serà una bona nit. S'acosta el seu aniversari i la seva mare no suporta que es faci gran. Per això està més estranya que de costum.

Encara no hi ha notícies de la Fosca, ho sap només mirar la safata d'entrada. Mira el rellotge. És com si el temps no volgués avançar, avui. L'últim missatge que ha rebut és la confirmació que la seva comanda arribarà avui. A mig matí, una hora força inoportuna si no fos perquè demà la Rosa té el dia lliure. És un regal d'aniversari que va decidir fer-se a ell mateix, amb els seus diners. I també va encarregar una cosa per a la seva mare. Això sí que serà una bona sorpresa. Els missatges anteriors són de clients que esperen resposta. L'Abel no té esma per a res. Encara falta massa estona per a tot. Massa perquè aparegui ella, la Fosca. Massa perquè comenci la seva classe.

Això de les classes de guitarra va ser cosa de sort. Va trobar un curs en línia que semblava molt bo i que incloïa una sessió cada quinze dies amb un professor (colombià) que li faria classes per videoconferència, a les dues de la matinada (les set de la tarda a Bogotà). Però no podia pas fer classes de guitarra si no tenia guitarra. Avui té la primera i el fa posar nerviós imaginar-se davant la pantalla amb cara de babau tot dient:

—Ho sento, encara no m'ha arribat la guitarra, però em feia il·lusió coneixe't.

L'Abel es deixondeix de cop i decideix donar-se un respir. Un tomb per alguna de les pàgines web que més li agraden li anirà bé. Totes tenen administradors estranys com ell i títols que parlen per si mateixos i que li agraden molt, com ara «Night Rate», «El club dels Ratpenats», «La nit és una religió» o «La fraternitat dels Weird». D'aquesta última és d'on va agafar el sobrenom, aquest adjectiu en anglès que des del primer moment va cridar l'atenció de la Fosca i que potser és, ben pensat, el responsable que comencessin a parlar. Totes aquestes pàgines informen de les darreres modes entre els addictes a no fer cas de les modes. Inclouen recomanacions de còmics, llibres, discs de grups gens comercials, sèries de televisió i un fòrum on l'Abel és molt conegut. No, l'Abel no: en Weird.

Va ser així com va arribar fins a ella. Va descobrir el seu bloc per casualitat, però de seguida va convertir-lo en el seu preferit. El primer que li va agradar va ser el títol: AQUESTA NIT NO HI HA LLUNA PLENA. També li va agradar el nom de l'administradora, Fosca, i el fet que sempre publicava les seves entrades de matinada. Al principi va desconfiar una mica, perquè en el bloc no hi havia fotografia i en el perfil de l'autora tampoc no hi havia gens d'informació, més enllà d'una adreça de correu electrònic. Va decidir, a la valenta, introduir-la en el seu xat privat automàtic i provar sort. Com a única presentació, sis lletres: «Toc toc». Si l'autora era, com deia, un ésser de la nit, tard o d'hora s'acabarien trobant en aquest espai virtual que compartien nit rere nit.

I així va ser. Va aparèixer al seu xat privat, el va acceptar entre els seus contactes i van començar a parlar una matinada qualsevol. En aquell moment ja cada paraula semblava que cridés als quatre vents que tot allò seria molt important per a tots dos, que aquelles converses acabarien trastocant-los les vides.

De la Fosca sap allò que ha llegit a les entrades del seu bloc i la minsa informació que ella li ha volgut donar. Que és estranya, diferent, que té un munt de problemes. Que escriu molt bé. El seu estil —no sap per quina raó— el va atrapar des de la primera línia del primer dia. Quan ella va escriure:

> Necessito explicar les coses horribles que m'estan passant i moltes d'altres que, m'imagino, em passaran.

Va ser llegir aquestes paraules i tornar-se addicte a ella, a la seva manera d'escriure, a la seva personalitat aclaparadora, a les seves paraules carregades de tristesa i de soledat.

I pel que fa a la resta de la seva vida, sap que la Fosca té setze anys, que viu en una gran ciutat però que ara està passant una llarga temporada en una casa que els seus pares tenen a la Vall del Silenci, a pocs quilòmetres del poble de Valldellops, que darrerament ha estat malalta (ingressada en un hospital) o podria ser que encara ho estigués, que la seva malaltia és estranya i ni tan sols els metges li saben dir ben bé què li passa, que està cansada de la seva família, se sent molt sola, no té amics i la seva vida sentimental és una piltrafa (fins avui). A ella també li agrada la nit, però al mateix temps li fa molta por perquè està convençuda que alguna cosa molt important està canviant dins seu molt de pressa. Com sol passar, no sap com prendre-s'ho ni què fer.

Amb tantes coses com sap, l'Abel creu que la Fosca i ell tenen molt en comú. Però no és per això que llegeix el seu bloc. Ho fa perquè hi ha alguna cosa en la seva manera d'escriure que li sembla irresistible. Les seves paraules nues, estripades. El seu caràcter fort. La seva empenta. És com si a cada frase d'ella l'Abel reconegués allò que vol per a la seva pròpia vida. També nota la negror a què fa referència el seu nom, la inquietud, la buidor. El seu cor és ple d'energia, però també de deixalles. Bonic però podrit. Exactament igual que el seu.

A més, encara hi ha un altre detall. L'Abel es va subscriure al bloc de la Fosca. Ho va fer el primer dia, quan va comprendre que aquella desconeguda explicava coses que li interessaven per sobre de tot. Ara, un missatge l'avisa cada cop que ella acaba de prémer l'opció «Publicar entrada». Acostuma a fer-ho al voltant de quarts de dues de la matinada i durant uns quants segons després de rebre el missatge l'Abel sap que ella també és allà, en alguna banda de la nit virtual, potser mirant la mateixa pàgina on ell busca les seves paraules. Li agrada pensar que alguna cosa subtil, però molt important, els fa estar en connexió.

Quan va adonar-se de tot plegat, alguna cosa va començar a canviar dins seu. Una d'aquelles nits va decidir-se a irrompre en el bloc d'ella i deixar-hi un comentari. Ho va fer mentre el cor li bategava dins del pit com un tambor. Va ser el primer cop que va donar la cara per ella, davant de tothom. Va haver de reescriure la frase una vegada i una altra fins a quedar-ne completament satisfet.

Finalment, va prémer el botó «Enviar comentari» i les seves paraules van passar a formar part de l'espai immensament inabastable de la xarxa. El missatge que contenien també era immens i inabastable:

Des que sé que existeixes val la pena viure una nit més.

8

ABEL I WEIRD, WEIRD I ABEL: la cara i la creu d'una mateixa personalitat.

El que en Weird no suporta de l'Abel: la docilitat, la fragilitat, la por, la incapacitat per enfrontar-se a les seves pròpies circumstàncies, la seva covardia. Sobretot, la covardia. L'odia cada cop que abaixa el cap i diu «Sí, mare». Cada cop que permet que el tractin com si encara fos un marrec. Cada cop que segueix ordres que no entén, que no comparteix, o cada cop que fa alguna cosa que ell no faria mai. Per les venes d'en Weird bull el desig de revolta. Es mor de ganes de prendre les regnes de la seva vida a l'altre, al dòcil, al submís, al conformista, i, per un cop, fer allò que li vingui de gust de debò. Per un cop...

El que l'Abel tem d'en Weird: la seva empenta, la seva convicció, el seu caràcter fort que tants anys de ràbia acumulada han forjat —tants anys d'aguantar i d'obeir, de seguir normes absurdes— i que qualsevol dia explotarà. Li fa por pensar que un dia no podrà parar-lo més i acabarà plantant cara a tot, també a la seva mare. Perquè en Weird és així: va néixer de sobte dins seu sense que ell sàpiga per què i des de llavors no ha deixat de créixer ni un sol dia. I sap que ara ja no vol tornar a callar, no suporta que les coses continuïn com sempre o que el tractin com a un ésser inferior, necessitat, minusvàlid. Ell ha vingut per canviar-ho tot.

L'Abel, pensa, és cosa del passat.

El senyor del futur és en Weird.

9

LA ROSA VA TENIR LA SEVA DARRERA ocurrència terrible la nit que l'Abel va fer quinze anys. L'Abel no l'hi ha perdonat, ni creu que mai no ho pugui fer.

—Tinc una sorpresa per a tu —li va dir, molt contenta—. És al cotxe, vine!

El va dur de la maneta fins a la sala de la llar de foc, després d'obrir els dos panys de la porta del mig. Va fer el mateix amb l'altra, la principal. Quatre claus més. Havia aparcat com sempre, però més a prop de la casa. El maleter es podia obrir gairebé sense sortir del rebedor.

—Tanca els ulls —va dir la Rosa, fent dringar les claus.

L'Abel va obeir. Va sentir que s'obria la portella del maleter.

—Quina sort, s'ha adormit —va murmurar la Rosa abans d'afegir:— Ara ja pots obrir els ulls.

En fer-ho l'Abel va quedar-se mut de l'angúnia. Dins del maleter del cotxe, cabdellat sobre ell mateix, com un gat, o com un animaló petit, hi havia un marrec de no més de cinc anys. Estava despentinat i tenia les galtes plenes de brutícia, i les llàgrimes li havien obert camins més clars.

—Deu haver-se esgotat de tant plorar —va dir la mare, mirant el minyó igual que si fos el trofeu d'una cacera.

L'Abel va notar com les seves pròpies llàgrimes estaven a punt de desbordar-se.

—Però, què has fet, mama? D'on l'has tret?

—Del centre comercial —va fer la Rosa, plena d'orgull—. Ha estat facilíssim. Ha vingut ell sol. No hi havia ningú que el vigilés, cap adult a prop, vaja, uns pares, oi? I jo primer no n'he fet cas, però després m'he dit: Ostres, el meu fillet farà festa grossa, almenys deu fer vint quilos. I no m'ho he pensat dues vegades. T'agrada? Vint quilos vol dir un litre i m...

—Calla! —va cridar l'Abel, fora de si.

Aquell va ser el primer cop que l'Abel gosava fer un crit a la seva mare. La Rosa se'l va mirar sense entendre què passava. El nen va començar a remoure's dins del maleter, esverat pels crits.

—Que no tens gana? —va preguntar la Rosa, desconcertada.

—És clar que sí. Però no el vull. Més m'estimo animals morts d'aquests que trobes als vorals.

El nen va obrir els ulls. Només veure la Rosa, va començar a gemegar. Va posar-se dret dins el maleter. L'Abel el va agafar perquè no caigués.

—No passa res, bonic, no t'espantis. Com et dius?

El contacte amb la criatura va fer rugir les tripes de l'Abel com un lleó. El nen se'l va mirar amb els ulls esbatanats per la sorpresa, completament aliè al perill que corria.

—De debò que no passa res —va insistir l'Abel, mirant que la seva veu sonés tranquil·litzadora—. Ara mateix tornaràs amb els teus pares. Tens ganes de tornar amb els papes?

El nen va fer que sí tímidament.

—No em penses dir com et dius?

—Pon.

—Pon? És un nom una mica estrany.

—Encara no sap parlar gaire bé, és molt petit —va dir la Rosa—, vés a saber com es diu. Anton, potser.

—Molt bé, Pon —continuà l'Abel—. Jo sóc l'Abel i aquesta és la meva mare, la Rosa. I ara mateix ella et portarà amb els teus pares, d'acord?

El nen no va dir res. Continuava mirant amb ulls espantats.

—Tens gana?

En Pon va fer que no amb el cap.

—Aigua —va dir.

L'Abel el va ajudar a sortir del maleter i el va portar fins a l'aixeta on de vegades endollaven la mànega. En Pon hi va beure com si fos una font. Després, van tornar al cotxe, però aquest cop el nen va seure al seient del darrere.

—Porta'l allà on l'has robat —va ordenar a la seva mare, amb la veu més ferma que mai havia fet servir per parlar-li.

—Fill, pensa-t'ho bé. Ningú no sap on és. Hi ha nens que desapareixen cada dia. Et convé beure sang humana, és la millor per a tu.

—Això no ho saps. Ni tu ni ningú.

La Rosa continuava mirant de convence'l, cabuda, com sempre:

—No cal que el matis, si no vols. Pots fer el mateix que va fer l'Arístides...

L'Abel va saltar com si l'haguessin punxat:

—Jo no sóc com ell, mare.

Aquell també va ser el primer cop que li va dir «mare», a la Rosa. Mai més no va tornar a dir-li «mama», com havia fet fins llavors.

La dona contemplava el seu fill des d'una distància gairebé infinita.

—Si te'n vas ara, potser encara trobaràs el centre comercial obert —va fer l'Abel.

La Rosa va deixar anar un sospir, derrotada. Va posar el cinturó de seguretat a en Pon. Va tancar la portella del darrere. Després va mirar el seu fill i li va dir:

—Està bé, ho faré. Però abans entra a casa.

La Rosa mai no marxa sense deixar els sis panys tancats. Aquella nit, és clar, no va fer cap excepció.

10

Així que l'Abel sap prou bé que és un monstre. No és fàcil viure amb això.

També sap per quina raó és un monstre. La Rosa li va parlar de l'Arístides. I també del seu pare biològic, un cop. L'Abel no vol saber res de cap dels dos. Els deu tot el que és. És a dir, tot allò que odia i de què mai no podrà deslliurar-se.

Després de l'episodi d'en Pon, va començar a sentir-se molt malament. Deprimit. S'odiava a ell mateix. Maleïa la seva vida. No volia ser com era. La seva mare es pensava que el seu estat d'ànim era degut als trastorns propis de l'adolescència, però ell sabia que el seu mal era molt més profund i tenia a veure amb el monstre que portava a dins. Amb el monstre que no volia ser.

Va decidir combatre d'un cop i per sempre allò que més odiava. Començant per la manera d'alimentar-se. Tastaria el menjar. El menjar *normal*, el que prenen els éssers humans, no els monstres.

Ho va fer en contra de l'opinió de la seva mare.

—Ja t'he explicat què va passar quan vas tornar a provar la llet, després de l'atac. Se't va inflar la gola. Et van sortir faves a la pell de tot el cos. Per poc no et mors, rei.

Però l'Abel també sap ser tossut. Estava convençut del

que havia de fer. Si més no, intentar-ho. Havia d'intentar ser *normal.*

Una sola mossegada a una poma el va fer vomitar tot un dia. Mig tall de peix li va provocar taques de color lila a la pell de tot el cos. Dos dies després, li feien mal tots els músculs i tenia un mal d'estómac insuportable. Un dia més i gairebé no s'aguantava dret. Va haver de quedar-se al llit tota la nit. La seva pell era del color del pergamí i les seves articulacions estaven toves, desmaiades. La poca energia que li quedava semblava esgotar-se quan abaixava les parpelles i provava de dormir. Un son que, ho pressentia, seria molt més que això.

Si no arriba a ser per la seva mare, que va aconseguir mitja dotzena de gallines vives, no hauria sobreviscut. Les havia tancades dins la cambra de bany quan la Rosa el va ajudar a aixecar-se i recórrer el passadís. Uns quants metres abans de la porta l'Abel va començar a ensumar el menjar. La boca se li va fer aigua. Un cop dins no va poder contenir-se. Va comportar-se, més que mai, com una fera salvatge. En menys de deu minuts, ni una sola de les aus conservava el cap damunt del cos i l'Abel, després de xuclar el líquid preuat del coll de l'última bèstia plomada, llepava les taques del terra, llaminer.

Aquella nit va comprendre que sempre seria un monstre.

I que ho havia d'acceptar, costés el que costés.

11

A LES DOTZE EN PUNT LA ROSA ha entrat a la cambra del seu fill. Sense trucar.

—Me'n vaig al llit, rei. Si necessites alguna cosa, desperta'm, d'acord? —li ha dit, fent-li un petó al front.

Exactament les mateixes paraules i el mateix gest de cada nit, sense excepció. També la seva resposta és la de sempre, sense apartar els ulls de la pantalla:

—Que dormis bé, mare.

La Rosa ha sortit deixant la porta oberta.

L'Abel sap que la seva mare avui tampoc no aconseguirà dormir més de dues hores seguides, com li passa cada nit des de fa gairebé disset anys. Es quedarà adormida fullejant una revista, però es despertarà una estona després, i així diverses vegades abans de l'hora que soni el despertador, les 7.30, com cada dia. Durant els intermedis, també passejarà per la casa, farà alguna visita a la cuina, obrirà la nevera i tornarà a ficar el nas als assumptes del seu fill —i així uns quants cops. El mateix de sempre.

Des d'aquella matinada que l'Arístides li va xiuxiuejar la paraula «descansa» a cau d'orella, la Rosa no ha pogut descansar mai més.

L'Abel s'aixeca per beure una mica d'aigua. Fa més d'una hora que reviu les converses que ha mantingut amb la Fosca, més d'una hora que analitza cada línia, preguntant-se si les paraules amaguen alguna cosa que no sap veure. I també fa més d'una hora que se sent fatal perquè hauria d'estar enllestint el disseny de la pàgina web que ha d'entregar demà passat. Se sent una mica com el nen que no fa els deures tot i que sap que en té. Decideix fer una pausa, fer un volt per la casa, despistar-se una mica a veure si agafa forces. Mentre omple el got d'aigua, sent el cascavelleig que anuncia, des del seu ordinador, que ha arribat un nou missatge.

Tanca la nevera de cop, torna a la seva habitació fent gambades pel passadís, amb els nervis a l'estómac. Mira el correu. Bravo! Aquí el té: un missatge que diu que la Fosca acaba d'actualitzar el seu bloc. El que esperava des que s'ha despertat.

D'un sol clic, ja és a la pàgina principal de la bitàcora AQUESTA NIT NO HI HA LLUNA PLENA. El cor li comença a córrer només de començar a llegir el missatge que la noia virtual acaba de deixar a la xarxa.

Ahir va passar alguna cosa. Una cosa important, em penso.

Vaig tenir una conversa silenciosa, anònima, però plena de paraules boniques, amb algú que es fa dir «Estrany». Weird, en anglès.

En els últims mesos he hagut d'aprendre a prescindir de tothom. Del meu nòvio, de la meva millor amiga i fins i tot de la meva família... Sembla que no encaixo en el mateix món on ells es mouen com peix a l'aigua. Em sento com si pertanyéssim a universos diferents. Ha estat molt dolorós d'entendre.

Em penso que, en part, és per això que vaig començar aquest bloc: perquè no hi havia ningú disposat a escoltar de debò els meus problemes. Per això i perquè escriure sempre ha estat el meu refugi, el meu veritable món, el territori on em sento lliure de debò, sense que ningú em digui què he de fer o què espera de mi. Escriure ha estat una manera de parlar amb el meu silenci, de dir-me a mi mateixa coses que ningú no estava disposat a saber. És com si el meu silenci, ara, em contestés, com si les paraules m'haguessin fet un regal, després de tant temps. Un regal meravellós: Weird.

Ja havia perdut el costum de tenir algú. Per això ahir em sentia tan estranya, avergonyida, i t'ho vaig dir. Després m'ho vaig rumiar una mica. Vaig adormir-me contenta. Per primer cop en moltes setmanes des que tot això va començar, estava alegre. M'agrada molt saber que ets aquí, en algun lloc, enmig de la foscor, esperant les meves paraules.

Des d'aquest moment, escriuré per a tu i ja no em sentiré sola.

L'Abel arriba al final del text amb el cor neguitejat. Llegeix unes quantes vegades les paraules tan boniques que acaba d'escriure la Fosca mentre obre el xat privat. La noia apareix a la llista d'«Usuaris no connectats».

Tenen un poder estrany, les paraules. «Ja no em sentiré sola», «una cosa important»...

L'Abel té ganes de parlar amb ella, d'explicar-li que l'estima, que li agradaria ajudar-la a resoldre els seus problemes. No pas aquesta nit, sinó sempre, perquè no suporta pensar que està trista. Li agradaria mirar-la de fit a fit i dir-li: «Ets especial, Fosca, ets la persona més especial que he conegut mai». Li agradaria explicar-li que ell ha sentit moltes vegades això que ella diu, que és per això que sap que són ànimes bessones, complementàries, que es necessiten l'una a l'altra per ser felices. Sap tot això des del primer cop que va llegir la seva bitàcora, però aquesta nit té moltes ganes de dir-l'hi. Obrir-li el cor de bat a bat.

Un cascavelleig anuncia un canvi en la llista d'usuaris. La Fosca hi apareix ara com a connectada. L'Abel es llança sobre el teclat. Amb rapidesa, amb les mans gelades, escriu:

> Weird: Benvinguda, Fosca. T'estava esperant per dir-te una cosa molt impor...

—Com anem, rei? Encara treballes?

L'Abel fa un bot, de l'ensurt.

Com odia aquest maleït costum de la mare d'entrar a la seva habitació sense trucar! Amb un moviment ràpid del ratolí, fa desaparèixer la pantalla comprometedora i deixa al davant el seu disseny inacabat de la pàgina web. La Rosa s'asseu als peus del llit i es mira la pantalla aclucant els ulls. A la butxaca dreta de la seva bata encoixinada les claus dringuen com si fossin picarols. Les claus de les quals la Rosa mai no se separa.

—Encara no m'has dit què vols per al teu aniversari —li diu. Se li nota d'una hora lluny que no té son i sí moltes ganes de xerrar.

L'Abel dubta. Fa temps que té ganes de tenir una conversa seriosa amb la seva mare, però precisament ara no és un bon moment. O potser sí. L'insomni és un costum tan instal·lat en les nits de la Rosa que gran part de les seves converses han tingut lloc en aquests intermedis seus entre son i son. L'Abel decideix provar sort.

—Em penso que ja t'imagines què vull —li diu—. Vull que et posis en el meu lloc per una vegada.

La Rosa arrufa els llavis. Sospita el que el seu fill li vol dir —no és pas burra— i no li fa gens de gràcia. Fa una ganyota de contrarietat i espera.

—Necessito sortir d'aquí, mare.

La Rosa remena el cap cap a totes dues bandes, sense mirar als ulls el seu fill.

—Ja saps que no pot ser, Abel. —Obre la boca, com si anés a dir alguna cosa. Calla. Un altre intent:— No ets com els altres i ho has d'acceptar.

La Rosa li acarona els cabells. L'Abel defuig la carícia.

—Sóc ben conscient del que sóc, mare —fa ell—. Per desgràcia. I sé comportar-me. No seré un perill per a ningú.

La Rosa somriu tristament. Se'l mira amb ulls humits, igual que es miraria un marrec de quatre anys que acabés de dir una cosa divertida però sense sentit.

—No són els altres els qui em preocupen, i ho saps. Ets molt més vulnerable del que et penses, reiet. Necessites que algú tingui cura de tu —un altre cop li acarona els cabells— i és per això que tens la mare.

—Puc tenir cura de mi mateix —diu l'Abel, rotund—. I tard o d'hora m'hauràs de deixar volar...

El rostre de la Rosa s'endureix.

—Et penses que pots cuidar-te sol perquè aquí dins no et falta de res —interromp la carícia, ajunta les mans—, perquè em tens a mi, que et dono tot el que et cal, perquè has tingut una existència d'allò més còmoda. Però allà fora tot és molt diferent, saps? Et quedaries parat.

—Sé com són les coses allà fora.

L'Abel medita les seves darreres paraules. Mai de la vida, davant de ningú, no voldria reconèixer el pànic que sent quan pensa en el món que s'escampa més enllà dels murs de la finca. És normal: tot el que en sap es limita als tres metres que hi ha més enllà del pati i al jardí minúscul de la part del darrere. Un món del qual el protegeix un vidre maleït —el de la pantalla— però que l'atrau amb un poder irresistible.

—No, rei, no. T'equivoques. No en tens ni idea, del que hi ha al món... —murmura la Rosa, amb veu dolça— i no entenc per què de cop i volta t'interessa tant saber-ho. Sempre has estat feliç aquí amb mi.

La Rosa té raó. Només de treure el nas a la petita porció d'univers que envolta casa seva, abans en tenia ben bé prou. La seva curiositat no necessitava més. Tornava a entrar a casa de seguida, espantat, amb ganes de retrobar tot allò que coneixia: l'encant de la carcellera i la comoditat de la presó.

Va ser de sobte, només fer setze anys, que va començar a néixer dins seu una curiositat nova. Va descobrir que hi havia coses que mai no havia vist: els llums de les cases que tremolaven a l'altre costat de la muntanya. L'entrada gairebé fantasmagòrica de la finca veïna. Per primer cop tenia ganes de travessar el pati, deixar enrere els murs de la casa i caminar camps enllà, molt més enllà, lluny, fins a sentir tot l'univers sobre el seu cap, fins a arribar a la carretera que s'endevina a la muntanya i recórrer-la per arribar a qualsevol banda, tant li feia on.

Així que la mare, un cop més, té raó. No en sap res, del món exterior, però sap que li desperta una curiositat molt més gran que aquesta por que encara el paralitza. I sap quin és l'antídot que necessita més que mai: sortir.

—No pots amagar-me tota la vida —diu.

—No t'amago —salta la Rosa—. Només et protegeixo.

L'Abel veu que la seva mare està a punt de començar a plorar d'un moment a l'altre i pensa que li ha de dir les coses d'una altra manera. Si vol aconseguir-ho, haurà de ser per les bones. Provar una altra estratègia. La veritat sense additius:

—Vull estudiar música, mare.

—Em pensava que ja ho estaves fent.

—Vull anar a una escola. Conèixer gent.

La Rosa fa que no amb el cap, cada cop més convençuda de la seva posició.

—Tu no pots conèixer gent, fill.

—Per què no? Podries dur-me amb cotxe fins a Valldellops i venir-me a buscar després. Això fins que em pugui treure el carnet de conduir, és clar...

—El carnet de...? —Una riallada grollera, incrèdula, ofensiva.— Deixa de dir rucades, vols?

L'Abel pren una determinació: prou per avui. Se sent humiliat i ofès. Tot això no són rucades, són interessos legítims per a la seva edat, als quals té tot el dret del món. Qualsevol adolescent voldria treure's el carnet de conduir. És clar, pensa, però ell no és un adolescent com els altres. Ell és un monstre.

La Rosa s'aixeca.

—Pensa una altra cosa, rei. Alguna cosa que puguis fer. —Li fa un petó al front.— Me'n vaig al llit.

L'última de les estratègies de la seva mare sempre consisteix a fugir sense contestar. La Rosa mira el seu fill, des de la porta, amb ulls d'absència.

—No vull una altra cosa —fa ell—, vull estudiar música a Valldellops.

La Rosa es retira. Les seves darreres paraules no volen dir res. Ni la derrota ni la celebració de l'èxit.

—Bona nit, fill —fa.

L'Abel s'aixeca i li barra el pas. Ha crescut molt. És més de vint centímetres més alt que ella.

—Mare, sisplau, és molt important per a mi. Necessito que em deixis fer-ho. Sisplau...

—N'hi ha tantes, de coses importants! —diu ella, cansada, absent, aliena, indiferent a les seves preocupacions.

L'Abel es queda al bell mig del passadís mirant la seva mare amb incrèdula tristesa. Es pregunta per què la seva mare té tanta por del que pot passar que sempre ho disfressa d'instint de protecció. D'un amor que renuncia a la llibertat, ofegat de mica en mica.

La Rosa s'adona que els ulls del seu fill deixen entreveure tones i tones de tristesa. Pensa que ha de dir alguna cosa més. Li agafa la cara entre els palmells calents de les mans i un altre cop li parla com si fos un nen petit.

—És un disbarat, Abel, no te n'adones? Tu no ets com els altres, fill, mentalitza't. Busca un bon curs a internet. L'Hipòlit diu que a internet hi ha de tot. Jo te'l pago, costi el que costi.

«Costi el que costi». Vet aquí el preu de la llibertat.

Quan la Rosa es retira, després d'apagar el llum del passadís, l'Abel entra a la seva cambra i tanca la porta. Fa desaparèixer de la pantalla la pàgina de la web inacabada i queda a la vista el xat on la conversa s'ha interromput fa una estona. La Fosca hi apareix com a desconnectada. A la pantalla principal, un buit que recorda un camp glaçat. Un desert. Una nit sense estrelles i sense esperança.

El rellotge marca les 2.03.

12

L'ABEL REVISA UNS QUANTS COPS el xat privat i també el bloc de la Fosca en el decurs de la nit. L'última, a les 7:14. No hi ha canvis. La Fosca no ha tornat. Li agradaria saber què fa, en aquests moments.

Finalment, ha aconseguit concentrar-se en la feina i les hores han estat més profitoses que no es pensava.

A les 7.21 envia la pàgina acabada juntament amb la factura pels seus serveis.

Tot seguit obre la pàgina d'una operadora de telefonia i tafaneja els models de telèfons mòbils que hi troba. Tots li semblen bonics. N'hi ha de cars i de molt cars.

A les 7.30 en punt sona el despertardor de la seva mare. Quan es lleva, és la quarta vegada que ho fa des que unes hores abans va anar-se'n a dormir.

L'Abel tanca l'ordinador, apaga el llum, es treu les sabatilles i es fica dins del llit.

La Rosa, vestida per anar a treballar, entra a la cambra del seu fill, l'acotxa amb les flassades, li fa un petó a la galta de paper de vidre i li diu a cau d'orella:

—Que passis una bona nit, fill meu.

Fa com si la conversa de la nit mai no hagués tingut lloc. Fa com sempre.

L'Abel contesta, poc convençut:

—Que tinguis un bon dia, mare.

L'Abel tanca els ulls. La Rosa tanca els sis panys amb les sis claus. Dues voltes cadascun d'ells.

A partir d'aquest moment, res del que passi al món pot afectar l'Abel.

Amb la primera claror del nou dia, els éssers de la nit corren a amagar-se.

13

RES S'ASSEMBLA MÉS A LA MORT que el somni d'un hematòfag. Només una cosa el pot pertorbar: la llum del sol.

Des que tanca els ulls amb l'albada fins que els torna a obrir enmig de la total foscor de la nit, l'Abel no forma part d'aquest món. El cor li batega amb una lentitud impossible, gairebé no respira, no hi ha cap activitat sota les parpelles, té tots els músculs completament paralitzats. Tampoc no somnia. Mai.

La Rosa va començar a adonar-se'n unes hores després del contagi. El seu fill va dormir tot el dia, sense despertar-se per menjar. No la va reclamar al seu costat perquè li agafés la maneta entre les baranes del llit, com sempre feia. Eren prop de les dues de la tarda quan ella, espantada, va decidir fer alguna cosa i va apujar la persiana.

Va ser una decisió fatal.

Només rebre aquella espurna de claror filtrada a través dels vidres, el petitó va deixar anar un xiscle esgarrifós, llarg i agut. No era un plor, ni una queixa normal, era més aviat una queixa paorosa. La Rosa va deixar caure la persiana, molt esverada. L'habitació va quedar de nou a les fosques.

Va treure el nen del llit de baranes i va gronxar-lo entre els seus braços, com sempre feia les nits que no podia dormir o quan no es trobava bé. Necessitava tenir-lo ben a prop, protegir-lo, convence's que no li passaria res. Però només de tocar el cosset del nen va tenir pànic. Afebrat, rígid, dur com un ninot de plàstic. El va tornar a deixar, horroritzada, i va asseure's per vetllar el seu son, mentre es preguntava què havia de fer ara.

Va trucar a la feina per dir que estava malalta i que no aniria a treballar. També va trucar a la Mercè. Amb ella va ser molt més complicat que amb l'idiota del seu cap. La seva amiga va oferir-se a ajudar-la malgrat que ella li va dir mil cops que no calia. No va voler acceptar les negatives. Va fer preguntes, va prometre anar-los a veure aquella mateixa tarda. No va tenir més remei que dir-li tot de coses desagradables perquè la deixés en pau. La Mercè, plorosa, va dir que no entenia res. No podia pair que la seva amiga li parlés d'aquella manera sense cap raó i va sentir que la Rosa era injusta amb ella. Es va sentir molt ferida. Va pensar que no era pas a ella a qui li tocava arreglar aquella situació, i es va cansar d'esperar que ho fes l'altra. Des d'aquell dia, es van separar per sempre, justament el que la Rosa volia. La Mercè, és clar, no va entendre mai què havia passat.

Però és que això, justament, era el que la Rosa volia: allunyar-se de la gent que fica el nas en les vides dels altres.

—Haurem d'arreglar-nos nosaltres sols —va dir al seu fill, asseguda al mig de la foscor de la cambra.

L'osset de dormir de l'Abel —un de drap, gastat i deforme— era sota el bressol. Per primer cop, havia estat expulsat del llit. Era la primera vegada que l'Abel no el necessitava per agafar el son. Peluixos, bolquers, petites joguines amb música i sorollets infantils, un caminador... alguna cosa li deia que aquella escenografia ja formava part d'una altra vida. Durant les hores que faltaven perquè es fes de dia, la Rosa va pensar sense parar. Va planificar la seva vida futura.

En el mateix moment en què la nit va esborrar l'última resta de claror del cel, l'Abel va obrir els ulls. Va observar la seva mare durant uns quants segons, que van ser eterns. Abans que ella pogués agafar-lo, ell ja s'havia enfilat a la barana del llit i havia saltat, molt àgil. Per primer cop sense ajuda. Va caminar cap a la seva mare amb passes segures, que per res recordaven les d'abans del contagi, encara molt tremoloses. Va aturar-se al seu davant i li va acaronar les galtes amb les seves manetes aspres i molsudes. Un rugit va anunciar que tenia gana i necessitava la seva dosi de menjar. La Rosa va reconèixer el soroll a l'instant: li va recordar l'Arístides i l'estona que van passar mirant les estrelles. Li va semblar que el seu fill la mirava amb desfici, com si pensés devorar-la.

Va tancar els ulls.

«Necessita alimentar-se», va pensar.

Estava preparada per a qualsevol cosa que li pogués passar.

«No em fa res compartir el teu destí amb tu, fill meu», va dir-se.

Però no va passar res. El seu fill la mirava encuriosit, com si esperés alguna cosa que havia d'arribar.

Per instint, o potser per costum, la Rosa va apartar el tros de tela dels sostenidors que tapava un dels seus pits plens de llet. El nen no volia menjar, però ella va insistir. Diverses vegades. L'Abel apartava la cara, però ella l'hi va agafar i el va forçar a tornar-hi. Després d'uns quants intents, el nen va acabar per rendir-se i va agafar-se al pit. Va xuclar amb poca ànsia, com per obligació.

La Rosa va agafar el seu fill com havia fet fins llavors i va provar de gronxar-lo, d'aquella manera amorosa que totes les mares del planeta fan servir quan alleten els seus nadons.

Ell va remoure's, incòmode, per mirar-la de fit a fit. Mentre mamava sorollosament, no va deixar de mirar-la ni un sol moment als ulls, vigilant.

Tots dos, mare i fill, se sotjaven l'un a l'altra.

14

AIXÍ QUE VAN DESAPARÈIXER les marques dels ullals de l'Arístides, la Rosa va portar l'Abel al metge. Va aconseguir que el seu pediatre la cités per darrera hora de la tarda, després de fer-se de nit.

—Li surten faves a la pell —va explicar, ensenyant les marques que clivellaven el cosset del seu nen.

La primera sorpresa del metge va arribar mentre la mare treia la roba al petitó.

—Ja no duu bolquers?

—No. Els va deixar d'avui a demà —va dir ella, desviant la mirada.

El metge va aixecar les celles, impressionat, mentre feia anar un termòmetre digital.

Va prendre la temperatura al pacient almenys tres vegades. Totes tres va mirar-se els nombres de la pantalleta digital amb recel. Per fi va rendir-se a l'evidència i va apuntar a la fitxa:

«Temperatura corporal: 43».

Després de pesar-lo, va arribar el segon ensurt:

—Perd pes molt de pressa —va dir el metge, cada cop més neguitós.

—Darrerament no té gaire gana —es va justificar la Rosa.

L'exploració va continuar per les orelles i el coll.

—Té la dentició molt avançada per la seva edat. I un parell d'ullals molt esmolats, quina cosa més curiosa. —Va mirar el nen i li va dir:— Sembles un petit vampir, noiet!

L'Abel no va immutar-se. No va fer res. Mirava el metge amb uns ulls com unes taronges.

—Sempre és tan seriós? —va preguntar l'home.

—Sí —va fer ella.

La Rosa havia empal·lidit. No va voler dir al metge que només durant l'última setmana a l'Abel li havien sortit onze dents.

—El seu fill està molt desenvolupat per a l'edat que té. En tots els sentits —va fer el metge, apuntant coses a la seva fitxa—. Fixi's com corre, sense anar més lluny. El normal és que amb tretze mesos, amb prou feines caminin.

Prou que ho sabia, la Rosa! Des que es despertava en fer-se de nit fins que s'adormia en llevar-se el dia, l'Abel tenia tanta energia que la deixava esgotada. Si les coses continuaven així, ella també emmalaltiria d'un moment a l'altre.

—I em podria donar alguna cosa per a les faves? —va insistir ella, que tenia ganes de marxar d'allà com més aviat millor.

—No m'agraden gens, aquestes marques —va dir el metge—. D'entrada, apunten a un trastorn alimentari, però m'agradaria fer-li proves per estar-ne segur.

Mentre el metge feia receptes i volants, l'estómac de l'Abel va emetre un soroll. La Rosa es va aixecar, espantada. Ja havia après què volia dir, allò. Gana. Una gana que no tenia espera.

Va afanyar-se a posar la jaqueta al seu fill i l'hi va cordar de pressa. Li estava apujant la cremallera quan el soroll va repetir-se. Va girar-se per mirar el metge, avergonyida, però l'home continuava escrivint. Per sort, no s'havia adonat de res.

La Rosa va obrir la porta de la consulta i va sortir a corre-cuita, després de deixar anar un rapidíssim:

—Me n'he d'anar, gràcies.

El metge, desconcertat, només va tenir temps de cridar-li:

—Senyora, que es deixa les receptes!

Però la Rosa ja havia arribat al carrer, amb el nen penjat del braç.

Vivien molt a prop, en poc més de cinc minuts ja serien a casa. La Rosa s'havia afanyat tant com podia, mentre l'Abel semblava divertit amb l'enrenou del carrer.

Quan anaven a travessar es va encendre el llum vermell del semàfor de vianants. Al seu costat es va aturar una dona gran amb un gosset petit i pelut. La Rosa gairebé no s'hi va fixar i encara menys en la mascota, que no era més gran que un gat.

L'Abel sí que els va veure. Va sonar un xiscle.

La Rosa va despertar dels seus pensaments i va topar amb una escena horrorosa. La senyora estirava la cadena del gosset per salvar-lo de les mans de l'Abel. El nen havia agafat l'animaló de panxa enlaire i li havia clavat els ullals a la pell blanquinosa del ventre mentre xuclava amb desfici. La sang regalimava sobre l'abric nou i l'estava deixant fet una pena. L'animal gemegava desesperat, mentre movia les potetes en va. La senyora xisclava cada cop més, histèrica.

Dels llavis de l'Abel regalimava un fil de sang brillant i fosca.

—Ja n'hi ha prou, Abel! —va cridar la Rosa, desesperada, mentre estirava el gos per deslliurar-lo del desastre.

Però l'Abel va agafar-lo encara més fort amb les manetes molsudes, va encongir-se una mica, per protegir-se, i va continuar xuclant. Quan va deixar caure el gos sobre la vorera, l'animal ja no podia moure les potes (no és possible fer-ho quan el teu cor ha deixat de bategar per manca de sang). Tampoc no feia cap soroll. La seva mestressa, astorada d'espant, també havia callat. El silenci va ser horrible. La vella va ajupir-se per recollir el que quedava de la seva mascota, tremolosa i desconcertada. Durant la resta de la seva vida es preguntaria què era allò que va veure i si realment ho va veure.

D'una revolada, la Rosa va agafar l'Abel a coll i va arrencar a córrer cap a casa. Estava morta de por.

Aquella nit, quan va despullar el seu fill per posar-li el pijama, va descobrir que les marques lletges de la pell havien desaparegut.

En aquell moment, va prendre una decisió:

«Hem de marxar d'aquí».

15

AIXÍ QUE S'INCORPORA dins una nit nova, l'Abel pensa: «És el meu aniversari».

Escolta el so dels panys de la porta principal. La seva mare ha arribat. Recorda el seu paquet i es pregunta què deu haver passat. Mira el rellotge: les 18.23.

No fas pas tant hauria pensat que l'hivern era una meravella, content de tenir encara més de tretze hores. Ara no ho veu així: més de tretze hores per discutir amb la seva mare, per viure amb el neguit de si hi haurà una altra trobada amb la Fosca o per sentir-se presoner a la seva pròpia casa, a la seva pròpia vida.

Els dos panys de la segona porta i les passes cansades escales amunt.

Salta del llit i connecta l'ordinador.

La seva mare s'atura davant la porta de la seva habitació.

—Hola, fill. Per molts anys! —diu, amb veu alegre.

Li fa un petó al front, aprofitant que s'ha assegut davant la pantalla. Ja no sembla enfadada.

—Tens gana?

—No gaire —menteix l'Abel.

—Espera quan vegis el que t'he portat. Se't farà la boca aigua!

La Rosa du bosses del súper. Va cap a la cuina. Després, com cada dia, es despullarà al bany i prendrà una dutxa. En acabat, sopar i tele. O potser avui les coses seran d'una altra manera, perquè avui és un dia especial, oi?

L'Abel necessita saber alguna cosa de la Fosca. Obre el bloc de cada nit, però allà tot continua com ho ha deixat fa unes hores. No hi ha cap entrada nova (ella sempre escriu de matinada, recorda). No l'estranya.

Obre el correu electrònic i escriu un missatge urgent:

> Ahir a la nit no et vaig escriure perquè fins molt tard vaig tenir l'esperança que tornaries a connectar-te. T'ho volia dir en temps real, però ja no puc més: el teu missatge d'ahir em va deixar sense respiració. Necessito coneixe't, Fosca. Veure't. Avui és el meu aniversari. El millor regal series tu. T'espero al xat privat, com sempre.

Quan prem el botó «enviar» se sent millor. Com si de cop i volta la seva ànima pesés menys.

Volta una estona d'aquí cap allà. Mira el correu moltes vegades. Entra a la pàgina del seu banc i revisa els comptes. Fa sonar una cançó i la taral·lareja durant trenta segons. La treu. En posa una altra. L'escolta en silenci, concentrat en la veu femenina, preciosa. Hi para atenció igual que ho faria amb un senyal que arribés des d'un altre món. Un senyal que fins fa poc era incomprensible i que de cop s'ha omplert de sentit.

After tonight
Will you remember...[1]

1. Després d'aquesta nit / Te'n recordaràs

És una balada trista, que s'embolica amb la seva melangia i li dispara els batecs del cor. L'Abel no comprèn què li passa però al mateix temps en reconeix els símptomes perfectament. L'amor és, en moltes coses, com la música: arriba allà on les paraules sobren.

After you go
Will you return to love me
After the night becomes the day?[2]

Quan la cançó s'ha acabat, s'aixeca i camina pel passadís. El seu cor està inquiet. Just en el moment que entra a la cuina, el seu estómac rugeix com un volcà. Fa notar la seva arribada.

La seva mare deixa anar una rialleta.

—Ja veig que t'ha vingut gana. Vine —s'eixuga les mans amb el davantal—, anem a fora.

Dins de la butxaca dreta, les claus dringuen a cada passa. La Rosa obre els panys de la segona porta. El primer que veu l'Abel és un paquet gran embolicat amb paper marró que descansa al costat de la llar de foc. Se'l mira amb lentitud mentre espera que la seva mare obri un per un els quatre panys de la porta exterior.

L'Abel només té ulls per al paquet. Per fi, per fi ha arribat la seva compra! Es mor de ganes d'obrir-lo. Les pulsacions se li disparen un altre cop quan pensa què l'espera quan ho faci.

La Rosa l'acompanya fora. Una esplendorosa lluna

2. Després que marxis / Tornaràs a estimar-me / Després que la nit esdevingui el dia?

creixent, que gairebé és plena, conquereix el firmament. Descansa, curiosa i ataronjada, sobre l'horitzó.

Passen pel davant de les gàbies, sense aturar-se. L'Abel comença a estar intrigat. Miren de no trepitjar les trampes mentre fan la volta a la casa pel camí del costat. El seu estómac torna a fer-se notar. Ensuma l'aire de la nit. Comença a salivar, com la seva mare li ha anunciat. La Rosa se'l mira, orgullosa d'haver encertat.

—Fa olor de... —diu l'Abel, sentint que se li fa la boca aigua.

Per a ell és una olor penetrant i deliciosa. La reconeix a un parell de quilòmetres de distància. L'atrau com la mel a les mosques. En aquest moment, sent un mugit.

Al pati del darrere la seva mare ha instal·lat un paravent vell que tenia a la cambra dels trastos. La sorpresa —que ja no ho és tant— els espera just darrere, lligada al llimoner, mastegant amb cara d'avorriment.

—Un vedell! —fa l'Abel, que no pot evitar aplaudir davant la possibilitat d'una festassa com aquesta.

—De gairebé noranta quilos! —afegeix la Rosa, que sembla molt feliç.

És un regal fantàstic!

—D'on l'has tret?

—Això ara tant se val! —li treu importància la seva mare, amb un gest poc convincent.

L'Abel arrufa els llavis:

—L'has comprat?

—Tant és, això. L'important és que t'agradi.

—Mare! Et deu haver costat una fortuna! —fa ell, amb disgust.

L'Abel se sent molt malament. Sap que un animal com

aquest és car. I també sap que el sou de la seva mare no està per fer aquesta mena de dispendis. Si ho fa és perquè ella renuncia a altres coses.

—L'Hipòlit m'ha ajudat. És un regal de part de tots dos.

L'Abel fa que no amb el cap i fa petar la llengua.

—No calia —diu, baix baixet—. Puc menjar altres coses...

—L'important és que t'agradi i t'aprofiti —afegeix la Rosa—. És enorme, potser et dura dos o tres dies, no?

L'Abel mira l'animal, que també se'l mira (més aviat amb indiferència) i s'ha de rendir a l'evidència. Sang fresca. I de vedell! Un luxe que pot tenir molt poques vegades.

—És fantàstic, mare —reconeix—. El porto a la cambra de bany?

La Rosa agafa una mà del seu fill mentre amb l'altra li acarona els cabells, li col·loca el serrell, com feia quan era petit.

—Avui és un dia especial, Abel. Si vols, et deixo sopar aquí mateix, sota la llum d'aquesta lluna tan bonica.

—Aquí, al pati? —Els seus ulls brillen com dues estrelles.

—D'aquí a un moment arribarà l'Hipòlit i t'ajudarà a netejar. S'hi ha ofert ell mateix.

L'Hipòlit és un bon paio. Li cau bé. De vegades no li faria res que fos el seu pare. L'Abel somriu i abraça la Rosa, li dóna les gràcies, deixa escapar un rugit que recorda una riallada.

Ella es posa seriosa i aixeca un dit índex.

—Però m'has de prometre que entraràs així que acabis.

—És clar, mare. T'ho prometo.

La Rosa el mira amb el cap de costat i els ulls humits.

—Entesos, doncs. —Ella marxa. Amb el cap cot, mirant a terra, per no trepitjar les trampes. Diu:— Bon profit, fill.

L'Abel es queda sol al jardí. Quiet com una estàtua. Escolta el silenci. Li agrada.

La nit és gelada, però ell no té fred. Una fressa de fulles li arriba fins a les orelles. Un batre d'ales. Un udol. Amb una mica de pràctica li costaria ben poc identificar un per un cada soroll del bosc, cada animal, cada moviment. Els podria atacar per sorpresa amb només una mica d'entrenament.

La cúpula nocturna li sembla de vellut. La lluna és com una joia blanca i llunyana. Preciosa. Perfecta.

Li recorda la Fosca. AQUESTA NIT NO HI HA LLUNA PLENA. És el millor nom que podia haver triat per al seu bloc. I potser, pensa, la raó que avui no hagi vingut. Amb aquest pensament en té prou per sentir-se intraquil. I trist.

El vedell mugeix, avorrit, ignorant del que l'espera. L'Abel s'agenolla davant l'animal i el mira directament als ulls. No hi reconeix ni una mica de por.

«Aquell qui és capaç de mirar als ulls el seu assassí, no hauria de morir», pensa, mentre enfonsa els ullals al coll robust de la bèstia.

La sang és dolça i deliciosa. Mira de beure-se-la amb lentitud de sibarita. Assaborir-la. Només si aprèn a controlar-se una mica podrà ser com vol ser. És una fera amb un propòsit estrany: domesticar-se a ell mateix.

Aquest cop, ho decideix, no vol atipar-se, tot i que podria. Vol deixar que l'animal visqui una nit més. Així demà podrà continuar amb aquesta festa. Quan ha acabat, s'eixuga la boca amb la mà i s'aixeca. Els ulls tristos del vedell clavats en ell. En la llunyania tremolen llums remotes.

«Que fàcil seria arrencar a córrer i no tornar mai més», pensa.

Només s'hi hauria d'atrevir. Algunes gambades i hauria deixat la seva vida enrere. I també la casa, la presó. Esdevindria un ésser nou, lliure. S'amagaria dins del bosc, a qualsevol lloc. Construiria una cabana, viuria en una cova. La seva mare mai no sabria on és. Ni tan sols podria seguir-lo. Seria un fins mai sense solució. Un gir inesperat i ple d'esperança dels esdeveniments.

Una òliba udola sobre un arbre proper.

«Així no», es corregeix, «ha de ser d'una altra manera».

Aquesta nit se sent mes bé que mai. Ha estat capaç de no afartar-se, de comportar-se com un ésser civilitzat. A més, no li agrada aquesta sensació d'estar massa tip que ve després d'un sopar abundant. Li recorda allò irracional, brutal, que no vol ser. El pitjor d'ell mateix. I avui és més humà que mai.

Gaudeix de la nit i del moment. Recorre el camí de les trampes, les mira. També mira les gàbies, que no amaguen sorpreses. Observa la lluna i un altre cop pensa en ella.

«Seria tan fàcil...», pensa un altre cop.

Fàcil, sí. Potser massa i tot.

Sospira. No en sap res, del que hi ha més enllà del mur del pati. Des que va arribar aquí, quan tenia tretze mesos, mai no ha anat més enllà. Si ho fes, el més segur és que acabaria perdut de seguida.

Tot i que no és això el que l'espanta. L'espanta no saber si trobaria a faltar aquesta vida.

«Ets un covard, Abel», pensa, «mai no ho sabràs si no goses fer-ho».

Va cap al mur i mira més enllà. Recolza els dos braços sobre el ferro fred. Sap que podria saltar-lo sense dificultats.

Llavors veu dos punts de llum que s'acosten pel camí. Els fars del cotxe de l'Hipòlit, cada cop més a prop. Fins que s'aturen davant de la reixa, s'obre la portella i en surt l'home, rialler.

—Com va la vida, noi? Ja has sopat? T'ha agradat, la sorpresa? —pregunta, clavant-li un cop a l'esquena, com a salutació.

—Hola, Hipòlit. Que bé que siguis aquí.

—I tant que sí! He plegat abans de l'incineradora, avui. No m'ho hauria perdut per res del món!

Li remena els cabells, divertit:

—Apa, ganàpia —li clava—, que ja només et falta un any per ser major d'edat!

L'Abel respon amb un somriure moix. En vista de com estan les coses, no té gaire fe que la majoria d'edat serveixi per canviar res.

—Apa! Però si no has menjat res! —diu l'Hipòlit en veure el vedell viu.

—Sí, una mica sí —fa ell—. Me'n reservo per demà.

—Ah, caram... —L'home sembla orgullós del que acaba de sentir.— Llavors, no hem de netejar res?

—Avui, no. —L'Abel somriu.

No sembla gaire content.

QUARTA CONVERSA

Weird: Estava molt amoïnat per tu.

Fosca: Ja m'ho pensava.

Weird: M'alegro que hagis tornat.

Fosca: Gràcies. Jo també m'alegro de tornar-te a veure.

Weird: T'he trobat molt a faltar.

Fosca: Jo també. Per cert, Weird...

Weird: Sí?

Fosca: Gràcies.

Weird: Per què?

Fosca: Per la cançó. És preciosa.

Weird: De res. M'agrada que t'agradi.

Fosca: Em vas fer plorar.

Weird: Ostres, ho sento.

Fosca: No passa res. Feia molt temps que no plorava per alguna cosa bona. Aquests dies tot és horrorós.

Weird: M'expliques què ha passat?

Fosca: M'estimo més que ho llegeixis al bloc.

Weird: D'acord, com vulguis.

Fosca: Ho trobo més fàcil. És com deixar que se'm buidi l'ànima.

Weird: Per a tu escriure és això?

Fosca: Més o menys, sí.

Weird: Em penso que tens raó. Per a mi les cançons són el mateix. Mai no ho hauria sabut expressar.

Fosca: I no has pensat a donar-te a conèixer?

Weird: Com?

Fosca: Per internet, és clar. Hi ha molta gent que ha triomfat així. Graves una maqueta i la penges a la xarxa.

Weird: No crec que tingui prou nivell. Hi ha molta gent que compon.

Fosca: Però tu ets molt bo.

Weird: Ho penses de debò?

Fosca: I tant.

Weird: I creus que més gent podria pensar-ho?

Fosca: N'estic segura! Però si no ho intentes no ho sabràs mai.

Weird: Pot ser.

Fosca: Ets bo. Podries esdevenir un cantant famós.

Weird: Compositor. Podria compondre per a altres.

Fosca: També.

Weird: Això ja m'agradaria més. Compondre per a altres.

Fosca: Ets una mica estrany.

Weird: Ja ho sé.

Fosca: Va, fes-me cas i grava't.

Weird: M'ho rumiaré. Gràcies per animar-me.

Fosca: Si vols puc ser la teva representant. Quan siguis famós en necessitaràs algun.

Weird: Fet. Quedes contractada!

Fosca: Fantàstic! Ens farem rics.

Weird: Hahahaha!

Fosca: I ara me'n vaig al llit. El meu pare fa hores que rondina.

Weird: D'acord. Que dormis bé.

Fosca: Tu no te'n vas a dormir?

Weird: Encara no. Jo mai dormo de nit.

Fosca: Ah, no? Llavors, quan?

Weird: De dia. Des que es fa de dia fins que el sol es pon.

Fosca: Hahaha! I el sol et mata i no suportes l'all, oi?

Weird: Això del sol, correcte. L'all té una fama injusta. No fa mal.

Fosca: Hahahaha!

Weird: Ho trobes divertit o què?

Fosca: Mai no sé què pensar de tu, Weird.

Weird: Llavors no pensis res, és el millor.

Fosca: Això és fàcil, estic tan cansada que no em surten ni els pensaments.

Weird: Vés-te'n al llit i pensa en mi.

Fosca: Haha! Com si no tingués coses millors en què somniar!

Weird: Millors que jo? Segur que no!

Fosca: Moltíssimes!

Weird: Digue-me'n una.

Fosca: Una piscina a vessar de xocolata amb llet molt espessa.

Weird: Doncs mira, tens raó. Això és millor que somniar en mi.

Fosca: Va, que caic de son. No em surten ni les paraules.

Weird: Et connectaràs demà?

Fosca: No ho sé. El meu pare està molt enfadat. De tant en tant em castiga.

Weird: Ostres.

Fosca: Bona nit, ésser de la nit.

Weird: Adéu, ànima bessona. Que gaudeixis molt dins la teva piscina de xocolata. Tant de bo jo també pogués somniar-la (i amb tu) quan me'n vagi a dormir.

16

—UNA GUITARRA? —pregunta la Rosa, en veure l'instrument que surt del paquet—. I això, d'on ha sortit?

Són a la saleta, davant la taula parada, l'Hipòlit amb un mig somriure dibuixat a la cara. Sobre les estovalles de fil, netíssimes, noves perquè només surten del calaix en les grans ocasions, ballen les flametes de dues espelmes vermelles. Només hi ha dos plats i dos coberts. A la cuina fumeja el sopar.

L'Abel agafa la guitarra i fa sonar les cordes, feliç.

—És el meu autoregal d'aniversari —anuncia—, què us sembla?

Ensenya l'instrument com qui aixeca un trofeu.

—No me n'havies dit res... —diu la mare, desconcertada per la novetat, i remena dins la seva butxaca dreta, amb gest neguitós, i les claus sonen.

—En els meus temps també vaig aprendre a tocar la guitarra, me la deixes un moment? —pregunta l'Hipòlit.

L'Abel li entrega el seu tresor. L'Hipòlit s'asseu, abraça la caixa de fusta, prova les cordes, dibuixa un acord amb els dits sobre el mànec, com qui es familiaritza de nou amb un lloc del qual ha estat molt temps absent, i tanca els ulls. A l'Abel li fa gràcia que tot passi amb tanta delicadesa.

De sobte, els dits de l'Hipòlit recorden un vell camí que no recorrien des de feia anys. La seva mà dreta, amb el polze ben dret, acaricia les cordes una a una mentre l'esquerra punteja un misteri en el mànec. El resultat és una melodia molt delicada, suau i bonica, que sembla que formi part del mateix instrument, com les cordes o la fusta.

—Ets genial, tio! —aplaudeix l'Abel, entusiasmat, quan l'Hipòlit acaba i obre els ulls un altre cop—, que bé que toques!

—No, no, de cap manera —l'home li retorna l'autoregal—, ho vaig deixar molt aviat. Però m'agradava moltíssim.

—I per què no m'ensenyes això que acabes de tocar? —pregunta l'Abel.

La Rosa no deixa escapar aquesta oportunitat:

—Seria perfecte, lliçons particulars, personals i a domicili. Més del que volies, oi?

L'Abel no diu res i fa veure que no ho ha sentit.

La Rosa somriu, desconcertada per aquesta habilitat que acaba de demostrar el seu amic, i que no l'hi coneixia. I també per aquesta camaraderia que està sorgint entre el seu fill i l'Hipòlit. Una relació masculina, més aviat adulta, fora del seu domini. Una relació que ja no depèn d'ella i que per això mateix la fa posar nerviosa. No hi està acostumada. Durant tots aquests anys ha exercit sobre l'Abel una vigilància tan estricta que una mínima pèrdua de control és un retrocés.

—Va, fill —fa—, l'Hipòlit i jo ara soparem. Seu un moment amb nosaltres, sisplau.

—M'estimaria més anar-me'n una estona a la meva habitació —diu.

—És el teu aniversari, Abel —diu la Rosa, seriosa—, no ho penses celebrar amb nosaltres o què?

—Ja ho estic celebrant —assenyala la guitarra.

—He preparat tot això per a tu. —La Rosa mostra les estovalles, els plats de la vaixella bona, les espelmes...

A l'Abel res de tot això no li interessa gens.

—Deixa que el noi es tanqui una mica amb les seves coses —intervé l'Hipòlit, i l'Abel s'adona que li pica l'ullet, còmplice, dissimuladament.

A la Rosa no li agrada gens que li portin la contrària. Tampoc no hi està acostumada. Arrufa el front. Dubta. Per un moment, sembla que s'hagi d'enfadar amb l'Hipòlit. Però finalment cedeix.

—Està bé... Però t'avisaré perque bufis les espelmes.

Sempre aquest ritual absurd: la Rosa vol que l'Abel apagui les espelmes d'aniversari d'un pastís que li fa fàstic només d'ensumar-lo. L'ha fet ella mateixa, l'ha recobert de xocolata negra i l'ha decorat amb crema i boletes de caramel. Sembla un pastís d'aniversari normal i corrent, si no fos perquè l'interessat no pot ni tastar-lo.

L'Abel fa més de quinze anys que acompleix el ritual al peu de la lletra: demana un desig, bufa les espelmes i després mira com la seva mare en devora amb delit un tros.

Quan per fi aconsegueix retirar-se una mica a la seva habitació, el primer que fa és mirar la safata d'entrada. No ha entrat cap correu. Segueix sense notícies de la Fosca.

«On ets, ésser de la nit?».

El bloc, sense canvis. Dues nits sense actualitzacions. Comença a preocupar-se. I si no torna?

En canvi, aquesta nit hi ha una cosa que li compensa

aquest buit enorme. La guitarra és una cosa així com un somni fet realitat. Obre la web del curs virtual i prem el botó del vídeo anomenat «Lliçó primera: Posició de la mà dreta».

Per primer cop pot imitar tot allò que veu a la pantalla en el seu propi instrument. Només fer-ho una vegada s'adona que familiaritzar-se amb tota la resta no li costarà pas tant.

Una bona estona més tard, la seva mare el crida amb aquella veu que canta. Toca fer el de sempre. El pastís de xocolata de sempre, aquest any és quadrat —una novetat està bé— i està decorat amb boletes de color de plata que formen les paraules «Per molts anys». Al seu davant, com dos soldats en perfecta formació de revista, hi ha dues espelmes vermelles en forma de números: l'1 i el 7. 17.

El somriure de la Rosa també és el de sempre. L'Hipòlit s'ho mira tot, orgullós com el pare que mai no ha estat.

—Has de pensar un desig —diu la mare, agafant la càmera de fer fotografies.

Aquest any ho té fàcil. Qualsevol cosa que desitgi tindrà a veure amb la Fosca.

L'Abel s'asseu darrere el pastís i els números en flames, somriu a la càmera, es prepara, bufa. Les flames s'apaguen a la primera, escombrades pel seu alè de gegant. L'Hipòlit aplaudeix, la Rosa no deixa de fer fotos. Després s'acosta al seu fill i li fa un petó al front. Demana a l'amic:

—Fes-nos-en una junts, sisplau.

L'abraçada que tots dos regalen a la posteritat és breu però sincera. L'Abel té una bellesa ingènua i ferotge al mateix temps que qualsevol pot percebre, fins i tot l'improvisat fotògraf. També té mirada de bona persona.

Quan la Rosa es disposa a tallar el pastís, l'Abel fa un anunci sorprenent:

—Jo també tinc una cosa per a tu, mare.

—Per a mi? —s'estranya ella, i la pala de servir el pastís queda a mig camí del no-res, congelada—. I això, per què?

—Perquè celebres que el teu fill fa disset anys. L'any que ve seré major d'edat.

—Ja saps que jo no crec que... —La Rosa comença la murga de sempre, que sempre acaba amb grans frases del tipus: «En aquesta casa la majoria d'edat no té valor» o «Tu sempre seràs petit per a mi».

—Té —la talla l'Abel, dipositant en les seves mans un sobre que acaba de treure's de la butxaca del darrere dels texans.

—Què és? —fa ella.

La Rosa arrufa les celles, obre la boca i no diu res. No sap com prendre's aquesta sorpresa. No pot —no sap— dissimular. Mira l'Hipòlit com si busqués respostes a moltes preguntes i només topa amb la cara somrient d'un home que es mor de ganes que ella obri el sobre.

—Mai no m'havies fet cap regal... —afegeix.

—Doncs ja tocava —diu ell rient, i en fer-ho intercanvia de nou una mirada de complicitat amb l'Hipòlit.

Una mirada que esvera la Rosa.

Ara ella comença a pensar que això ha estat cosa de tots dos. Entre el seu fill i l'Hipòlit hi veu, tot d'una, massa camaraderia.

Tot i això, obre el sobre sense desarrufar el front. De dins en treu un full de paper. De seguida hi reconeix el logotip d'una companyia aèria. El seu nom. I el de l'Hipòlit. Una data que no és gaire lluny. I el nom d'una ciutat mil vegades somniada: París.

—Sempre dius que t'agradaria conèixer París, oi? —diu l'Abel, emocionadíssim.

La Rosa deixa anar una riallada amarga. Una riallada que fa mal.

—Però, com se t'acut? —Fa anar el bitllet a l'aire com si fos un mocador. Se'ls mira un altre cop, amb la cara trista de qui sempre ha de deixar escapar els somnis. Es duu una mà al front:— Rei, jo no puc viatjar, que no ho saps?

—I tant que pots —diu l'Abel, buscant la mirada de l'amic en senyal d'auxili—. Demana vacances al teu cap i ja està. L'Hipòlit diu que et deuen un munt de dies. No hi ha res que t'ho impedeixi, fins i tot t'he buscat un acompanyant fantàstic. Menja't París, mare!

La mirada de la Rosa congela l'ambient.

—Us heu posat d'acord? —pregunta, aclucant els ulls. Les seves pupil·les van i vénen d'un costat a l'altre: de l'Hipòlit a l'Abel, de l'Abel a l'Hipòlit, a la recerca d'una resposta que no està disposada a escoltar. Finalment s'atura en l'amic i li diu, ferotge:— L'has ajudat?

—Va demanar-me parer i jo l'hi vaig donar —diu l'home, esporuguit—. Em va semblar molt bona idea.

—No m'ho puc creure! Us heu begut l'enteniment?

La Rosa deixa els fulls sobre les estovalles de fil, plega els braços, se'ls mira sense alè i es queda sense paraules que l'ajudin a dir la ràbia que sent.

—No pateixis tant, mare. Ja no cal que estiguis a sobre meu a totes hores. No necessito cangur.

L'Hipòlit fa que sí amb el cap i intercedeix pel noi:

—Té raó, dona. Deixa-li demostrar-te que es pot cuidar sol. Només seran tres dies.

La Rosa obre la boca com un peix que acaba de sortir de l'aigua. Ara els seus ulls se centren de nou en l'amic. Semblen a punt d'esclatar de ràbia.

—Què en saps, tu, si mai no has tingut fills?... —li clava a l'amic, i la seva veu és el reflex de l'amargor. Després li toca el torn al fill:— I tu? Trobes que pots deixar-me de banda, però t'equivoques. Sense mi et moriries de gana, ja ho saps. Si és que abans no et matés el primer que topés amb tu. És això el que vols?

Cap dels dos no diu res.

La Rosa no s'ho pot creure. El seu únic amic i el seu fill s'han posat d'acord per contradir-la, per treure importància a les regles que regeixen amb mà de ferro aquesta casa des de fa tant temps. Pitjor encara: per imposar perquè sí les seves pròpies regles a casa seva.

—Hipòlit, m'esperava una ximpleria com aquesta d'un milhomes com l'Abel, però de tu... de tu... ni tan sols sé com dir-te! Ets un eixelebrat si et penses que marxaré amb tu a París abandonant el meu fill aquí tot sol!

L'Hipòlit és d'aquesta mena de gent que mai no perd els nervis, que sempre troba la manera de parlar tranquil, sense alterar-se per a res. Aquest cop també ho fa, i té mèrit. No aixeca la veu. Agafa la mà de la Rosa i murmura:

—Em penso que estàs traient les coses de polleguera, Rosa, estimada. Seu i en parlarem amb una mica de tranquil·li...

—No aniré enlloc, que ho sàpigues! El meu lloc és al costat del meu fill! —En un atac de ràbia, la Rosa esbocina el paper que eren els bitllets d'avió. Els bocins cauen a terra mentre ella afegeix:— I no tinc res més a dir!

Surt del menjador feta una fúria, es tanca a la cambra de bany i fa passar el baldó de cop. Els dos homes es miren sense poder-s'ho creure, cadascú des d'un costat de la taula. A tots dos els sembla que les flames de les espelmes vermelles tremolen de pensar en el que acaba de passar.

17

LA ROSA LI VA PARLAR del seu pare només un cop, el dia que va fer tretze anys. Ni tan sols va voler dir-li el seu nom.

—Va marxar abans que tu vinguessis al món —li va explicar—. Ni et va voler conèixer.

L'Abel va voler saber per què. La Rosa va arronsar-se d'espatlles.

—No volia tenir fills. Va enfadar-se molt quan vaig quedar-me embarassada.

L'Abel no comprenia aquelles complicacions d'adults. Vist des del punt de vista de les persones grans, el món sovint li semblava un lloc complicat i lleig. Als dotze anys, és difícil entendre un pare que no vol coneixe't o que no vol saber res de la teva existència.

—Jo volia ser mare més que res al món —va afegir la Rosa, acaronant-li els cabells, com feia sempre—. Em feia molta por la soledat.

No ens agrada reconèixer-ho, però la por ens fa fer moltes més coses de les que pensem. De vegades, coses molt importants.

—I no vas tornar-lo a veure mai?

—No.

La Rosa va quedar-se pensant, els seus ulls van omplir-se de llàgrimes, li va agafar la mà.

—Totes les persones que he estimat algun cop han acabat abandonant-me: el meu pare, la meva mare, la meva germana, el teu pare...

L'Abel va començar a sentir-se malament, en aquella conversa. Li hauria agradat parlar d'una altra cosa, apartar la mà d'aquella qüestió com d'una cosa que crema i fa por, fugir d'aquelles paraules que l'assenyalaven...

La seva mare va eixugar-se les llàgrimes amb la mà lliure i va dibuixar un somriure que li va sortir aigualit.

L'Abel va callar. Va abraçar la seva mare. Li va prometre que ell no l'abandonaria mai. Mai, passés el que passés. Mai de la vida.

—Ja ho sé, rei. Per això, precisament, necessitava tant tenir un fill —va concloure ella.

18

AIXÍ QUE LA NIT DEL SEU ANIVERSARI és un infern.

De la Fosca, ni rastre.

La Rosa tancada a la seva cambra sense voler parlar amb ningú.

L'Hipòlit esperant l'ocasió per disculpar-se amb ella («Disculpar-te, de què?», li ha preguntat l'Abel, i l'home s'ha arronsat d'espatlles) però presoner d'aquesta casa de la qual no es pot sortir sense obrir sis panys (per descomptat, les claus són al lloc de sempre, és a dir, a la butxaca dreta de la bata de la Rosa).

La guitarra, en un racó, muda i tan paralitzada per la sorpresa com el seu propietari.

Per entretenir-se, l'Abel recull els bocins de paper que la seva mare ha deixat escampats per terra i els enganxa amb cinta, com si estigués fent un trencaclosques.

L'Hipòlit i l'Abel, abandonats al menjador, parlen de música, de viatges, de feina. Baix baixet, perquè la Rosa no els senti i s'enfurismi encara més.

L'Hipòlit explica a l'Abel que la seva mare és molt especial però que ell és un carallot que mai no ha tingut traça amb les dones, per això no gosa dir-li que li agrada molt. L'Abel li explica que té moltes ganes —ganes com cap altra cosa— de sortir a fora, a l'exterior, més enllà dels murs de la casa. Li diu que se sent atrapat, que a estones es deprimeix molt i fins i tot pensa que la vida no val la pena. Són dos amics explicant-se secrets, sense que per a ells la diferència d'edat sigui cap obstacle.

L'Abel passa tota la nit menjant-se les ganes de parlar-li de la Fosca. Li agradaria fer-ho, però li fa por que la seva mare se n'assabenti i es posi d'aquella manera.

És l'Hipòlit qui parla de dones, aquesta nit.

—La teva mare em fa por, noi. Per això no li dic que m'agrada.

L'Abel somriu.

—No m'estranya —l'entén—, a mi també me'n faria.

—A tu et sembla que tinc alguna possibilitat, amb ella?

L'Abel s'arronsa d'espatlles. Mira les flames de les dues espelmes, a punt d'apagar-se, consumides com la vetllada que han viscut. Mira l'ampolla de whisky que la Rosa ha deixat sobre la taula havent sopat. Es fixa en el pòsit de cafè que ha quedat dins la tassa del convidat, pudent i fosc.

—Tant de bo en tinguessis. Feu bona parella.

L'Hipòlit s'emociona amb aquestes paraules. Se li humitegen els ulls. Li agafa l'espatlla, el sacseja suaument, en un gest de camarada.

—Gràcies, noi. M'agrada tenir la teva benedicció.

L'Hipòlit mai no ha tingut fills, és veritat, però l'Abel pensa que és un home savi. Ha vist moltes coses de la vida i ha après a esperar la seva oportunitat. Només que no comptava trobar un os com la Rosa.

—Jo no penso donar-me per vençut —fa.

—Me n'alegro. Jo estic de part teva —respon el noi.

L'Hipòlit brinda per tot plegat. Beu dos glops ben generosos de whisky. Té una ombra d'esperança dibuixada a la cara, que es confon amb la tristesa. A tots dos els agradaria que les coses fossin diferents.

—L'hi hauries de dir —proposa l'Abel.

L'Hipòlit el mira de fit a fit i amb els ulls li pregunta si n'està segur. L'Abel afegeix:

—A les dones crec que els agraden els homes que les saben sorprendre.

—T'ho sembla?

—I tant.

El gest de suficiència que l'Abel fa servir per acompanyar aquestes últimes paraules alerta el seu company de confessions. Acaben de bescanviar els papers. I ambdós se n'adonen.

—Potser riuràs però... —diu el convidat—. Mai no m'he declarat a una dona.

L'Abel riu.

—Ho dius de debò?

—Sí, noi. Cada cop que n'he tingut ganes m'ha refredat el pànic. Sempre he pensat que elles arrencarien a córrer, espantades davant la meva poca traça. Que no les tornaria a veure mai més.

L'Abel continua rient.

—I tu, t'has declarat algun cop? —pregunta l'Hipòlit.

—Fa dues nits.

—Ho sabia! —L'Hipòlit clava un cop a la taula i els plats salten.— I què? Com va anar?

—Ha desaparegut. Potser ha fet això que dius.

—No fotis, tu. Sí?

—Ja veus.

L'Hipòlit fa cara de gran catàstrofe. L'Abel no pot parar de riure.

—Ets la primera persona a qui ho explico. Si ho dius a la meva mare et menjaré per sopar.

A l'Hipòlit l'ocurrència del noi li fa gràcia i ara són tots dos els qui no poden parar de riure. La vetllada, farcida d'estranyes confessions, s'anima.

A quarts de sis de la matinada, la Rosa s'aixeca per anar al bany i troba dos amics al seu menjador, que es fan uns farts de riure de les complicitats d'amor i d'estratègia. Aprofita per dir a l'Hipòlit que ha de marxar i per obrir els sis panys que alliberen l'encantat hostatge. Ni tan sols li diu adéu.

Després de tancar-ho tot un altre cop, després de pujar l'escala com si fos el camí del cel, s'atura al replà, davant de la saleta, per deixar anar la darrera gràcia de la nit. L'Abel fa veure que no la sent quan ella borda:

—Deus estar ben content, oi? M'has fet malbé la celebració.

19

JA A LA SEVA HABITACIÓ, amb la porta tancada i el llum baix, l'Abel pensa: «Per sort, tinc la música».

Va començar a aparèixer de cop i volta, sense cap motiu. Els seus pensaments mai no són silenciosos.

Fa anys que escolta acords, sons, melodies. Al començament no sabia escriure'ls, però després, amb esforç, ha anat aprenent a fer-ho.

L'escriptura musical és un dels grans misteris de l'univers. Totes les coses i totes les emocions del món resumides en set notes.

Durant molt temps, l'Abel ha tingut la sensació que l'única cosa que de debò li pertany és aquesta possibilitat d'escoltar el món, de deixar que la música creixi dintre del seu cap i que prengui la forma dels seus desitjos, de les seves esperances, de les seves frustracions i de les seves pors.

Des de fa uns quants dies, pensa alguna cosa més.

Ara l'Abel pensa: «Per sort, tinc la Fosca».

Però tot seguit es pregunta: «De debò la tinc?».

20

L'ABEL MATA LES HORES nocturnes de l'absència de la Fosca —tercera nit ja, i això comença a ser del tot insuportable— prenent decisions.

Mira d'escollir un telèfon entre més de vint models en oferta a la pàgina d'una operadora. Quan per fi s'ha decidit i vol comprar-lo, s'adona que és impossible. Cap companyia ven telèfons a menors d'edat. Necessita una autorització i les dades de la seva mare, però des que ahir la festa d'aniversari va acabar en desastre, la seva mare no està d'humor per a res. Avui ni tan sols li dirigeix la paraula.

La nit d'avui també serà llarga.

L'Abel sospira, avorrit, resignat, tip. Agafa la guitarra i s'asseu amb ella a la falda davant la pantalla de l'ordinador. Dins del seu cap hi ha una melodia, però encara no ha trobat la manera de traspassar-la a les cordes del seu instrument. Ho aconseguirà, n'està segur, però necessita una mica de temps. I més bon humor, també.

Segueix el ritme que la música dicta dins del seu cap i escriu:

Vull dir-te: Abans de tu
la meva vida
només era un laberint
sense sortida.

L'Abel deixa anar un esbufec. Aquesta sensació d'insatisfacció també l'acompanya a totes hores. No sap si és normal. Potser és cosa de creadors, d'escriptors, de músics? Quan el Bon Jovi, posem per cas, acaba una cançó, se sent tan malament? Li agradaria saber-ho. Si després d'escriure una de les seves genialitats, com ara

There's a hell of a lot of lonely
Baby I'm scared
Waiting out there[3]

també ell sent que acaba d'escriure la bajanada més gran de la història de la humanitat, si també s'empipa amb ell mateix i maleeix la seva manca de talent.

Li agradaria saber com es pot distingir el geni de debò del que no ho és i si hi ha algú capaç de reconeixe'l només veure'l.

Es recolza a la cadira, es frega la cara amb les mans i pensa: «Com podria aconseguir que les hores anessin més ràpid?».

De sobte passa alguna cosa. Un cascavelleig. Uns acords senzills. Usuari connectat.

Es llança sobre el xat privat i revisa la llista.

Usuari: Fosca

Estat: Connectat.

Disponible per parlar.

Lema: Aquesta nit no hi ha lluna plena.

3. Hi ha un infern de molta soledat / Estic espantat, nena / esperant allà a fora.

Per fi! «Em pensava que em tornava boig de tant esperar-te, Fosca».

La conversa esdevé un intent esverat de comunicar-se en què tots dos pregunten i contesten al mateix temps.

No és una conversa. És una salvació compartida.

Fosca: Hola!
Weird: Hola!

L'Abel somriu. El seu cor està accelerat al màxim. Tots dos escriuen a la vegada:

Weird: Has llegit els meus missatges?
Fosca: Perdona per no haver-te contestat.

Parlar per un xat privat, com totes les coses de la vida, requereix certa pràctica. I també una mica d'ordre. Avui tots dos semblen tan contents de tornar-se a veure que la seva conversa corre el risc d'acabar en embolic. O potser ja ho és des de bon començament.

Fosca: Sí que els he llegit.
Weird: Eres fora?
Fosca: He tingut una recaiguda.
Weird: Ostres... em sap molt greu. Et trobes bé?
Fosca: Llegeix el meu bloc i t'espantaràs.
Weird: Em sap molt greu.
Weird: T'he trobat a faltar.
Fosca: I jo a tu. Per cert... per molts anys!!!!!!
Weird: Te n'has enrecordat!
Fosca: És clar.

Weird: Gràcies.
Fosca: M'hauria agradat felicitar-te el dia que tocava.
Weird: Tant se val. La teva felicitació és la millor de totes.
Fosca: Com ho vas celebrar?
Weird: Em vaig barallar amb la meva mare.
Fosca: Ho dius de debò?
Weird: Massa de debò i tot! Encara no em parla.
Fosca: Ho sento.
Fosca: M'hauria agradat celebrar-ho amb tu.
Weird: Tant de bo.
Fosca: No vivim pas tan lluny.
Weird: Ja ho sé. De vegades saber que ets aquí mateix és pitjor...
Fosca: Què vols dir?
Weird: Gairebé puc ensumar-te.
Fosca: De vegades somnio que arrenco a córrer i no paro fins a arribar a casa teva.
Weird: Em tornaré boig si penso que podries fer-ho! Et buscaria pertot arreu. Més que ara i tot.
Fosca: Algun dia ho faré, t'ho prometo.
Weird: Ets l'única cosa que val la pena de tota la meva vida.
Fosca: Tu també ets molt especial per a mi.
Weird: Promet-me que ho faràs. Algun dia.
Fosca: T'ho prometo. Et salvaré. I promet-me tu una altra cosa.
Weird: El que vulguis.
Fosca: Si trigo dos o tres dies a aparèixer, m'esperaràs.
Weird: Fosca... t'esperaria encara que triguessis una eternitat.

La Rosa camina pel passadís durant tota la matinada, però no treu el nas per la cambra de l'Abel. Per si de cas, ell està preparat per fer desaparèixer la conversa en qualsevol moment.

Per sort, no ho ha de fer i les paraules s'allarguen fins que, a quarts de quatre, la Fosca li diu que se n'ha d'anar. S'acomiaden fins l'endemà. Quan l'Abel surt del canal se sent com si fos una altra persona. Exultant, feliç. Aquesta nit se sent poderós i invulnerable.

Toca una mica la guitarra i a les 4.53 apaga el llum i es fica al llit. No dorm. Pensa. Molta estona.

A les 7.53 sent que la seva mare obre i tanca panys, com cada dia. És el primer cop en tota la seva vida que no s'acomiada d'ell abans d'anar-se'n a treballar.

A les 8.02, a trenc d'alba, les funcions vitals del cos de l'Abel es fan més lentes, la temperatura corporal li baixa uns quants graus i les parpelles li cauen com el teló després de l'escena final d'una obra de teatre.

21

QUANTES VEGADES S'HA PREGUNTAT com deu ser sobreviure allà fora.

Envoltat de temptacions. Tement la llum. Sobre el rostre autèntic, una màscara invulnerable. Sota la pell, mil bocins de cristall.

No li agrada pensar-hi, però de vegades no ho pot evitar. L'Arístides. Ell sobrevivia a l'exterior. Li anava bé. Treballava en el seu propi benefici. N'obtenia un profit. Era fort.

De vegades es pregunta si l'Arístides també pensa en ell, o si el recorda.

Si el tornarà a veure algun dia.

22

Qui mesura l'eternitat?
Com fereix el silenci?
Quin preu té tanta soledat?
El record, què em pot prendre?
A quin món vares arribar
tu, per canviar els esquemes?
Qui et va dur, per quina raó?
Què morirà si em deixes?
No fa mal el buit cada despertar
només perquè m'esperes.
I si vols saber la mort
quan arribarà:
Quan tu no vulguis veure'm.

23

L'ABEL OBRE ELS ULLS en la foscor. Mira el rellotge sobre la tauleta de nit. Les 18.46. Li sembla que l'ha despertat algun soroll, però no sent res més que la fressa dels seus budells buits. Es mor de gana.

Es lleva, es posa les sabatilles, s'estira per treure's la mandra de sobre i prem el botó que engega l'ordinador.

Llavors sent un mugit. Ben alt i ben clar, i força llarg. No ve del pati, sinó de dins de la casa. Pel que sembla, la seva mare ha decidit deixar-li el sopar a prop. I el seu amic de quatre potes es veu que celebra de viva veu haver viscut un dia més. Decideix sortir a buscar-lo.

Si algú el veiés ara, caminant pel passadís, no pensaria que la seva imatge s'escau amb allò que tothom s'espera d'un gran depredador: es frega els ulls, s'esbulla els cabells, badalla i arrossega les sabatilles. És un ésser assedegat de sang però amb lleganyes.

Troba el vedell al rebedor, lligat amb una corda al radiador i envoltat dels pixums i els fems de les últimes hores. Fa tanta pudor que està a punt d'agafar-li una basca. El seu olfacte hipersensible per poc no ho pot suportar. Comença recollint les cagarades amb l'ajuda d'una bossa de plàstic. Després posa serradures per tot el terra i passa l'escombra. En acabat, ho frega tot amb aigua i lleixiu.

El vedell n'observa les maniobres amb interès, com preguntant-se de què va tot això.

Al bestiar, per norma general, no li agraden gaire les escales. Portar el vedell fins a la cambra de bany és una feinada. Quan arriben a dalt, després de l'esforç, la bèstia no vol de cap manera ficar-se dins la banyera. Tot i que ningú no li ha demanat la seva opinió, és clar. Cap carnívor té el costum de preguntar el seu parer al bistec que està a punt de cruspir-se.

L'Abel mira de no tacar res, però la sang esquitxa les cortines i regalima fins a terra. Ho deixa tot fet un fàstic.

—A la meva mare li agafarà un atac —murmura, quan ja no hi ha cap ésser viu que pugui sentir-lo.

Ho recull tot, amb molta pràctica. Fica les restes de l'animal dins les bosses negres de sempre i es concentra a deixar-ho tot net. Demà, la seva mare s'endurà les escombraries dins del maleter, on esperaran fins que ella acabi de treballar. De tornada de la feina, farà una parada a la incineradora, com sempre, i allà l'Hipòlit es farà càrrec de tot i, de passada, la convidarà a prendre un cafè. L'Abel no sap si aquesta és la millor manera de desfer-se de les despulles, però és la manera que la seva mare va decidir i no hi ha res a dir.

N'està ben fart, de tot plegat. Pensa que les coses podrien anar d'una altra manera, si la seva mare no fos tan cabuda. Ja gairebé ha acabat quan sent un cascavelleig musical que ve de l'ordinador. Acaba d'entrar un missatge.

Com que espera notícies de la Fosca i les desitja més que res al món, l'Abel deixa la neteja per a més tard i surt a corre-cuita cap a la seva habitació. Els mitjons molls dibuixen un rastre d'esvaïdes petjades vermelles pel passadís. S'asseu davant la pantalla, delerós.

En el remitent: Ella.

A l'assumpte: Ajuda'm.

Els seus ulls volen sobre el text.

Weird, necessito demanar-te que em facis un favor. Un de molt gran. Ets l'única persona al món a qui gosaria demanar-l'hi. Necessito que facis una cosa per mi. I ha de ser demà a la nit. Sisplau, no em diguis que no. Espero la teva resposta.

Prem el botó: «Contestar» i escriu:

Fosca:

Faria el que fos per...

Justament en aquest moment, l'Abel s'adona d'una cosa. Un buit al costat de l'ordinador, allà on ahir en anar-se'n a dormir va deixar la guitarra. La va deixar justament en aquest racó per tenir-la ben a mà quan es despertés. Havia previst donar-hi, per fi, l'estrena digna que tots dos es mereixien. Per alguna cosa li va costar tots els seus estalvis.

Però la guitarra ha desaparegut.

Inquiet, mira al menjador, a la cuina, a l'armari del passadís. Està segur que la seva mare hi té alguna cosa a veure, amb això. Ahir a la nit estava més trasbalsada que mai.

Mira a les habitacions dels trastos. Les anomenen així per no fer servir, directament, les paraules «abocador» o «deixalleria», que serien més exactes. Són dues cambres que mai no s'utilitzen i on la seva mare entafora qualsevol cosa que no serveix o no li ve de gust veure. La Rosa no és amiga de llençar res, queda clar només de treure-hi el nas. L'Abel remena una estona entre els mil estris emmagatzemats, però la seva guitarra no és enlloc. Ha desaparegut.

O alguna cosa molt pitjor.

S'asseu al sofà de la saleta amb la tele apagada i espera que la seva mare arribi. Està molt enfadat. Només fa que donar voltes a les idees obsessives que li corren pel cap. Per primer cop de manera conscient, té un motiu molt important per estar enfadat.

La Rosa arriba a les 19.47, carregada amb les bosses d'un supermercat. Com de costum, el so dels panys i les claus anuncien la seva arribada sense entrebancs. Després, els panys es tanquen i les passes lentes de cada vespre pugen les escales.

Abans de deixar que arribi a dalt, l'Abel ja deixa anar, en to de pomes agres:

—On és la meva guitarra?

La mare fa veure que no s'adona del to de la pregunta.

—A mi què m'expliques.

L'Abel nota que la ràbia el posseeix. És la ràbia de l'impotent, ho sap, del que ha perdut la batalla abans de començar-la.

—Torna-me-la —diu.

La dona triga una estona a contestar. Mira cap a la cambra de bany. El llum encès, el terra xop, el camí de petjades sangonoses pel passadís...

—Suposo que recolliràs tot aquest desastre ara mateix —diu.

—Torna'm la guitarra! —repeteix l'Abel.

Mare i fill es miren sense poder dissimular ni mica la

ràbia, durant uns segons que es fan eterns. Si les mirades fossin incendiàries, en aquest moment una petita espurna hauria fet esclatar la casa. Després, ella continua fent camí cap a la seva cambra. Es treu les sabates, entra al seu bany, murmura alguna cosa baix baixet i es comporta com si la d'avui fos una nit com les altres. Davant del mirall, es treu la roba i decideix prendre una dutxa. Les ferides que les paraules han obert trigaran a tancar-se.

L'Abel s'està una estona més a la saleta i després es retira. Farà veure que treballa. Aprendrà a respirar amb totes aquestes absències a sobre: la Fosca, la seva guitarra, la seva tranquil·litat. Pensarà alguna solució. Ha arribat el moment de prendre mesures. Se li ha d'acudir alguna cosa per alliberar-se de tota aquesta ràbia. Trobarà a faltar la Fosca. Avui necessita parlar amb ella més que mai.

Resumint: una altra nit eterna devorada per l'angoixa i la soledat.

24

Fosca:

Faria el que fos per tu. Només digue'm com et puc ajudar i compta amb mi.

Avui, demà i sempre.

W.

CINQUENA CONVERSA

Fosca: Estic fotuda, Weird.

Weird: Què tens?

Fosca: Tot és horrible.

Weird: Has parlat amb ton pare.

Fosca: Sí.

Weird: Què ha passat?

Fosca: El pitjor que podia passar. El que em temia.

Weird: Li has dit que vols canviar de batxillerat?

Fosca: Sí. Va posar-se fet una fúria.

Weird: Per què?

Fosca: No vol que sigui escriptora.

Weird: Ostres.

Fosca: S'ha assebentat que vaig parlar amb el director de l'institut per començar l'any que ve el batxillerat artístic.

Weird: I?

Fosca: M'ha matriculat en un altre institut.

Weird: Per què?

Fosca: Un internat.

Weird: Com? Un internat?

Fosca: Més aviat una presó. No en sortiré fins que comenci la universitat.

Weird: No ho pot fer, això!

Fosca: Ja ho ha fet. I sí que pot, és el meu pare.

Weird: I la teva mare? No hi diu res?

Fosca: Ella sempre li dóna la raó. Em penso que no s'atreveix a dur-li la contrària.

Weird: Ostres, em sap molt greu. Jo en tinc la culpa.

Fosca: No. Vaig ser jo qui va voler fer-te cas.

Weird: Ho sento.

Fosca: No ho sentis, Weird. Ho havia d'intentar, almenys. Sense tu no hauria gosat fer-ho.

Weird: Però t'ha sortit fatal.

Fosca: No hi fa res. M'he sentit molt bé mentre ho intentava.

Weird: T'entenc, em sembla.

Fosca: És com si m'hagués demostrat a mi mateixa que ho puc fer, que me'n puc sortir, que sóc forta.

Weird: Ho ets.

Fosca: Ja no tinc por del que pugui passar. No et sembla que això també és important?

Weird: I tant que sí. Molt important. A mi em passa una cosa semblant.

Fosca: Ah, sí?

Weird: Alguna cosa també m'ha fet perdre la por.

Fosca: I què ha estat?

Weird: Coneixe't.

Fosca: A mi?

Weird: Sí. Des que et conec ja no temo res. Ni tan sols la mort.

Fosca: No diguis això. Jo no vull que et moris.

Weird: Jo tampoc. I menys sense veure't abans.

Fosca: Mai.

Weird: Està bé. Mai. Però només si em promets que estaràs al meu costat.

Fosca: T'ho prometo.

Weird: Per sempre?

Fosca: Per sempre.

25

LA CASA ESTÀ EN SILENCI. La seva mare encara no ha tornat. Para esment, per estar-ne del tot segur.

El mateix gest de cada nit en despertar: l'Abel mira el rellotge. Les 19.11. Clava els ulls al sostre. Observa la foscor, la feblíssima resplendor dels números digitals de la pantalleta. «La mort no deu ser gaire diferent de la meva vida», pensa, i, per primera vegada en molt de temps, s'adona que no té ganes de llevar-se. Res del que pugui passar al món abans de les 21:00 no li interessa gens ni mica.

S'està una bona estona més en la mateixa posició, concentrat en els seus pensaments, fins que se li fa estrany que la seva mare encara no hagi arribat. Unes quantes vegades li sembla que ja sent el motor, les claus, els panys que s'obren i es tanquen, però no... S'equivoca. El silenci s'ha apoderat de tot, avui.

Intrigat, decideix sortir del llit per investigar què passa. Les bosses amb les sobres del vedell han desaparegut del bany. El terra és net. La cuina, recollida. Obre la nevera i beu aigua a galet de l'ampolla, aprofitant que la mare no hi és.

Llavors veu la nota sobre la taula. És la lletra de la mare:

Avui sopo fora. Arribaré tard.

L'Abel endevina amb qui deu haver quedat la mare per sopar. Només hi ha un candidat possible: l'Hipòlit. Aquesta possibilitat el deixa més tranquil. L'Hipòlit sap bé com cal tractar-la. Sempre arriba més tranquil·la després de parlar amb ell i sovint la seva influència li fa veure les coses d'una altra manera. L'Hipòlit és més que un còmplice: és un company que juga en el mateix equip que ell. A més, podria ser que per fi s'animés a declarar-se. És una possibilitat que ho fa tot més interessant.

Com reaccionarà, la Rosa, davant d'una sorpresa com aquesta? L'Abel es mor de ganes de saber-ho.

Quan torna a la seva habitació, busca a la safata d'entrada el correu que la Fosca li va enviar ahir, després que ell acceptés de tot cor ajudar-la. Decideix tornar-lo a llegir, per tenir-ho tot ben clar quan sigui l'hora. Està tan angoixat que fins i tot la desaparició de la seva guitarra ha passat a un segon terme.

Estimat Weird:

Gràcies per acceptar ajudar-me. Mai no ho oblidaré (ja sé que la frase sona a pel·lícula, però t'asseguro que és veritat). Aquí tens, pas a pas, tot el que has de fer. És molt important que no et saltis cap punt de les meves instruccions.

1. Ens connectarem demà a la nit, a les 21.00. Sigues molt puntual (sisplau). Obre el programa de missatgeria instantània. Rebràs una invitació per a una videoconferència. Accepta-la: seré jo.

2. Maximitza la finestra de la videoconferència. Necessito que vegis bé tot el que passarà, sense perdre't ni un detall. Has d'estar atent.

3. Tindrem uns quinze minuts per a les presentacions i els

detalls tècnics (per exemple, comprovar que la meva càmera mira allà on ha de mirar). Després, és millor que tapis la teva càmera. Tingues a mà alguna cosa per fer-ho. Un mocador o una bossa de plàstic o alguna cosa semblant. Quan t'avisi hauràs de tapar-la i abaixar al mínim el volum dels altaveus.

4. A les 21.16.03 (exactament) començarà el més important. Sobretot, no t'espantis. No deixis de mirar, passi el que passi. Passi el que passi, entesos? Ja t'aviso que el que passarà no serà ni bonic ni agradable.

5. No pots parlar-me. Encara que te'n moris de ganes. És important que jo no senti la teva veu.

6. Quan et sembli que tot s'ha acabat, obre un missatge de correu electrònic i escriu-me. Necessito que m'ho expliquis tot. Sense deixar-te ni un detall, entesos? Ja sé que això és una mica estrany, però no tinc ni idea de quan ni com llegiré el missatge. Si ho faig, et contestaré. I si després de tot plegat encara vols ser amic meu, faré el que vulguis per estar amb tu.

Espero que tot hagi quedat prou clar. Si tens dubtes, sisplau, pregunta tan aviat com puguis. Si no, ens veiem demà a les 21.00. I gràcies per darrera vegada.

L'Abel mira el rellotge: les 20.01. S'aixeca. S'afaita, molt lentament, amb poca traça (encara no hi té gaire pràctica). Es posa uns texans i la seva samarreta preferida, després de plegar el pijama amb molta cura. Torna a l'ordinador. Les 20.17. Si conegués alguna manera de fer que el temps vagi més de pressa, ara seria el moment de fer-la servir. El seu únic entreteniment, mentre espera, és llegir, un cop i un altre, el missatge misteriós. I desitjar que arribi el moment.

Torna a la cambra de bany i s'examina la fesomia. Amb

la maquineta d'afaitar es treu un plomall de pèls que s'havia deixat sota la barbeta. Es posa fixador, s'escolpeix els cabells per tenir-los de punta i tot seguit se'ls aplana per tenir-los estirats. En acabat, se'ls torna a posar de punta. Es renta les mans, es raspalla les dents. S'adona que s'ha tacat la samarreta de dentifrici i corre a posar-se'n una altra, mentre renega baix baixet per ser tan pocatraça.

A les 20.31 torna a estar assegut davant l'ordinador, dret com una espelma, mirant la finestra acabada d'obrir del xat privat, tot esperant que arribi alguna cosa que encara trigarà.

Comprova el volum dels altaveus, l'estat de la càmera, s'assegura que no hi hagi cap missatge nou a la safata d'entrada i decideix que ha de trobar alguna cosa per distreure's o pararà boig. S'estira a terra i comença a fer abdominals. Pensa que la Fosca es faria un fart de riure si el veiés ara, però ell sent que porta a sobre tanta energia acumulada que d'una manera o una altra l'ha d'alliberar.

Després de l'exercici, es nota tot suat. Decideix prendre una dutxa per sentir-se millor. Es canvia de roba i es pentina una altra vegada. És absurd, però almenys tot aquest ball li serveix per omplir els minuts més difícils. Tant, que per poc no arriba tard. És fantàstic que la seva mare no sigui a casa o li faria un munt de preguntes tot veient el seu estrany comportament. S'hauria de tancar a la seva cambra i seria encara pitjor.

Ja n'està tip, de ser una bèstia amagada.

A les 20.58, amb els nervis a flor de pell i els cabells aplanats, ja és a lloc. Repeteix les comprovacions tècniques, s'assegura que tot està bé. Dubta. Mira el seu reflex al vidre i no sap si ha fet bé d'aplanar-se els cabells. Es mira des de tots els costats. Els últims seixanta segons els passa molt quiet, gairebé sense respirar, esperant que la Fosca doni senyals de vida, com li ha dit que faria.

I si no apareix? I si tot ha estat una broma i prou?

El desig ens fa vulnerables, éssers atemorits que tenen por de fantasmes.

Quan l'avís salta a la pantalla, s'emporta un bon ensurt.

«Ha rebut una invitació a videoconferència de part de AQUESTA NIT NO HI HA LLUNA PLENA. Vol parlar ara?».

L'Abel prem «Acceptar».

S'obre una pantalla borrosa d'un color amarronat. Se sent una mena de tos electrònica. L'Abel maximitza la pantalla. S'esmerça a seguir les instruccions al peu de la lletra. En una cantonada, hi apareix la seva imatge, tal com es deu veure a l'altre costat. Mira de semblar al més natural possible i de semblar guapo. Els nervis, se'ls menja com pot.

No veu l'hora de veure la Fosca. Aquesta boira marronosa el desconcerta.

—Què hi ha, Weird? —pregunta una veu de noia.

«Ai, és una noia! Ho sabia, sabia que no podia estar enganyant-me tot aquest temps!», diu una veu dins seu, i respira més tranquil.

—Estic una mica nerviós —diu ell.

—Jo també —admet ella—. Suposo que és normal.

—Suposo.

En Weird pensa en les altres videoconferències que ha mantingut amb els seus clients i en les poques coses que tenen en comú amb aquesta d'avui. Amb els responsables de les empreses per a les quals treballa sempre demostra seguretat. Parla amb veu clara, té idees molt fermes i les defensa amb rotunditat. Avui, les paraules no volen sortir, el cor galopa i les mans li suen així que s'acosten al teclat.

—Deixa que et miri —diu la veu de la Fosca—. Mmmm... M'agrades més que a la foto. El problema és que allà duus corbata i no t'escau gens.

Nota que es posa vermell. No sap si se li notarà o no i li fa malícia. No vol semblar tallat.

—No et veig —balboteja, nerviós.

—Ja ho sé —fa ella, molt segura—. M'agrada jugar amb avantatge, perdona.

—Què vols dir?

—Doncs que no volia que em veiessis abans d'assegurar-me que tu ets tu i no un vell amb ganes de gresca. —La Fosca deixa anar una rialleta.

A la finestra virtual, la boira marronosa s'esvaeix de cop. En primer pla apareix un nas a pantalla completa.

—Ui, perdona —diu ella, mentre s'aparta de la càmera—. Què tal? La imatge és prou bona? Em veus bé? Què et semblo?

En Weird obre molt els ulls. El seu cor està tan content del que veu que ho celebra bategant com un boig.

«Ets preciosa», pensa en Weird, que no es pot creure la sort que té.

I no pot evitar fer un bot quan sent que ella diu:

—Gràcies, i tu ets un exagerat.

És el primer cop que pensa en veu alta. No n'està avergonyit. Més aviat dóna les gràcies al seu pensament per haver-lo traït en un moment tan oportú. Somriu. La Fosca també.

Sospita, i no s'equivoca, que avui serà el primer cop de moltes coses.

La Fosca és morena. Els cabells llargs li cauen sobre les espatlles. No distingeix de quin color té els ulls, però fa un moment, quan era més a prop, li han semblat clars. Duu uns texans blaus i un jersei de llana ample, de color gris. Li sembla que té un cos preciós, tot i que només pot endevinar-lo sota la roba.

—Benvingut a la meva habitació! —diu ella, obrint els braços com si volgués fer una abraçada a les parets.

—Què portes, a la mà? —pregunta l'Abel.

—Ah, això. —La Fosca riu un altre cop. Alguna cosa se li il·lumina a la cara, quan ho fa. Es veu encara més guapa que abans.— És un mitjó del meu germà. No trobava res més per tapar la càmera. Tu tens alguna cosa?

—Sí, els meus calçotets.

La Fosca riu un altre cop.

—Fas broma?

—És que no faig servir mocadors.

—A veure, prova'ls.

En Weird obre molt els ulls. Es posa vermell.

—Vull dir que els posis sobre la càmera.

—Ah.

L'Abel, alleugerit, fa el que la Fosca diu. Deixa els calçotets sobre l'ull de vidre que el mira.

—Perfecte —avalua ella—. No es veu res de res. Està molt bé.

L'Abel enretira els calçotets d'una revolada.

—Per què no em vols veure?

—Ara no t'ho puc explicar, però així és millor, creu-me. —La Fosca mira l'hora a la pantalla de l'ordinador.— Espera, tancaré la porta amb baldó. Ja gairebé és l'hora.

La noia s'aixeca i desapareix del pla. L'Abel aprofita

per espiar una mica la seva habitació. No hi ha res d'estrany: un llit amb una vànova de color rosa, uns quants llibres, algun ninot de peluix, un marc amb una foto (que no pot veure), una cadira plena de roba, una estora rodona, una maqueta del Falcó Mil·lenari... La típica cambra d'una persona de setze anys de sexe femení. No sembla l'amagatall d'un ésser perillós, ni tan sols d'un ésser estrany.

—T'agrada *Star Wars*? —pregunta quan ella desapareix.

—Ah, si ho dius per això —assenyala la nau de Han Solo, que ha aterrat en el tercer prestatge—, és del meu germà. De vegades, dorm aquí.

Ho ha dit amb cara de pomes agres, mentre corregeix un altre cop la posició de la càmera. La imatge tremola una mica abans d'aturar-se. En un primer pla, ella, molt seriosa.

—Estàs preparat? —pregunta un altre cop.

—I tant que sí. Quan vulguis.

—Weird, si passés alguna cosa... Si no ens tornéssim a veure... Vull que sàpigues que...

—No passarà res. I tant que ens tornarem a veure! —la talla ell, massa espantat per continuar escoltant.

—Només volia donar-te les gràcies.

—Ja m'ho diràs en persona, això.

—Tant de bo.

—Segur!

—Està bé. Preparat? —insisteix ella, per tercer cop, i mira l'hora. No espera resposta abans de dir:— Ara has de tapar la càmera i abaixar el volum dels altaveus.

En Weird fa cas de tot. Ja està tot a punt.

Mai de la vida ha estat tan nerviós.

26

Abans de trobar-te
odiava la vida:
era un laberint
sense cap sortida.
Abans de trobar-te
no veia futur:
només matinades
i dolor profund.
Abans de trobar-te
no hi havia res:
només nits de calma,
paraules de fred.

Si sabés somiar
em faria pànic
tornar a despertar.

27

L'ABEL FA CAS DE TOT AL PEU de la lletra. La seva imatge desapareix del requadre inferior, amagada rere una cortina blanca (la seva mare s'encaparra a comprar-li calçotets blancs, tot i que ell els odia).

Mira el rellotge. Les 21.14.

Sent la Fosca que diu:

—Ja està tot. Ara he d'obrir la finestra.

En Weird, amb el cor desbocat, s'atreveix a fer la pregunta que li corre pel cap des de fa hores.

—Em pots dir el teu nom de debò?

—Sí, es fa estrany que no el sàpigues, oi? Em dic Olívia.

«Olívia», repeteix ell, encantat de com sona una paraula que, sense saber-ho, li ha canviat la vida.

La noia torna a ser davant mateix de la càmera, al mig del pla, asseguda a terra, sobre l'estora. Mira cap a la finestra fixament, com si alguna cosa li cridés molt l'atenció.

—Jo em dic Abel —fa ell.

—Abel —repeteix ella, molt seriosa, amb veu de somnàmbula—. Tens nom del bon minyó del conte.

A l'Abel li encanta com sona el seu nom en la veu d'ella. També li sembla que en els ulls de l'Olívia hi ha una brillantor diferent de sobte. És un canvi molt petit, però visible.

—Has vist la lluna, aquesta nit? —pregunta la Fosca, amb una veu més apagada que la de fa un moment—. No creus que és preciosa? A mi em fa molta por.

—No la puc veure. La meva cambra no té finestres.

La Fosca tanca els ulls. Comença a moure's molt lentament endavant i enrere, com si es gronxés al so d'una música que només sona per a ella. Endavant, endarrere, endavant, endarrere...

—La lluna em fa molta por, Abel... —murmura, cada cop més baix—. No em deixis aquí sola, sisplau...

L'Abel no té temps de contestar. No pot dir-li que no, de cap manera, mai no la deixarà sola. Que ara que l'ha trobada no pensa deixar-la escapar. Que ni tan sols podria imaginar-se la vida sense ella, ara. No té temps de dir res d'això perquè una coreografia inesperada, sobtada, veritable, acaba de començar.

En les hores que fa que espera aquest moment, l'Abel s'ha imaginat tot de coses. El que passa ara no ho hauria pogut sospitar ni en la millor de les seves fantasies: la realitat fa que totes les ficcions quedin petites.

Aturada al mig de l'estora, la Fosca comença a descordar-se els pantalons. Els seus moviments són naturals, sense afectació de cap mena. Els mateixos que faria si estigués sola i es despullés per ficar-se al llit. Es treu les peces de roba, una a una, i les va deixant al seu costat, a terra.

—No te'n vagis, Abel —murmura ella, amb els ulls tancats i una veu que ja ni se sent—. Sisplau, no deixis de mirar-me.

L'Abel no podria deixar de mirar l'Olívia encara que en aquest moment aparegués per la porta de la seva habitació l'Arístides en persona.

Ara ella es treu el jersei de llana. Porta una samarreta de màniga curta, de color rosa. Se la treu. La cabellera negra li cau per les espatlles gairebé nues. La llença amb les altres dues peces de roba que s'acaba de treure. Els sostenidors són de color blanc. Les calcetes, rosa. Té un cos preciós. Tot en ella és preciós.

L'Abel es frega els ulls, sospira, es recolza a la cadira. Li costa molt respirar, però mira que no se li noti. Com si la Fosca estigués atenta a alguna cosa que no fos ella mateixa i aquesta mena d'inconsciència en què ha caigut.

A l'Abel li tremolen les mans quan veu que ella es treu els sostenidors. Encara se li noten les marques del biquini d'un estiu que ja comença a quedar lluny i que la tardor ha esborrat gairebé del tot.

«Tot això és com un somni», pensa l'Abel, i de seguida es contradiu: «No, no, és encara millor».

La Fosca mou el cos amb lleugeresa per treure's l'última peça de roba que li quedava al damunt. L'Abel mai no s'ha alegrat tant de no poder parlar. És el primer cop que veu una noia despullada. Vaja, una noia de debò, perquè en les seves nits d'anar amunt i avall per internet n'ha vist d'altres, però els sentiments que li provocaven ni de bon tros poden comparar-se als d'avui. Avui hi ha una mena d'eufòria que se li instal·la al cap, o al cor, o al sexe, i que no el deixa moure. Podria cridar, donar les gràcies a la seva sort, a algun déu, a la vida de la qual darrerament només es queixa... Podria, si ella no li hagués dit que callés.

De sobte, la Fosca deixa de moure's i obre els ulls. Clava una mirada fixa, tota gelor, cap a ell, i tot seguit es desmaia sobre l'estora. Cau com un ocell mort, d'un cop sec.

L'Abel s'aixeca, esverat. La cridaria, diria amb grans crits els seus dos noms, però recorda les instruccions i seu.

Es mira el cos preciós i inert. Té les cames doblegades, un braç sota els malucs, l'altre estirat, la mà fora del cercle de l'estora, els cabells sobre la cara.

L'Olívia comença a tenir convulsions. Es mou com un titella mogut per un pertorbat. Un cop i un altre i un altre... Endavant i endarrere, endavant i endarrere, però ara amb una violència increïble, ferotge. Endavant i endarrere. A cada nova sotragada, se li escapa un gemec de dolor. Comença a plorar i el seu plor és el d'un cadell desvalgut.

Després, les seves extremitats s'estiren, es posen rígides, retornen al seu lloc, el cos comença a retorçar-se i a emetre una altra mena de sorolls: grunyits, gemecs més forts, panteixos. De mica en mica, la veu deixa de ser humana.

L'Abel comença a entendre tot allò que ha llegit al bloc de la Fosca. Aquella història que el tenia atrapat com només ho fan les bones novel·les. Comprèn el què vol dir la lluna plena, la solitud, el desassossec de la noia. Comprèn que encara són més iguals del que ella s'hauria atrevit a pensar mai.

Està distret amb aquestes cabòries, mirant d'entendre i assimilar allò que veu quan sobtadament la Fosca fa un salt i cau de quatre grapes. El cap, cot, els cabells a la cara, escombrant el terra. Quan aixeca el rostre, l'Abel sent com la sang se li congela de l'ensurt. És com si el cor li hagués deixat de bategar un instant.

El que passa a partir d'aquest moment, li costa de creure fins i tot a ell, i això que està acostumat a les coses increïbles.

28

Hola, Fosca,

Encara estic tremolant. Tal com vas demanar-me que fes, t'escric per explicar-te tot el que he vist. Tot i que encara em costa de creure.

Ha estat la influència de la lluna. Així que l'has vista, t'has transformat. Primer, semblaves adormida. Després, t'has desmaiat sobre l'estora.

Has estat inconscient durant un minut, més o menys, i t'has despertat molt agitada, rugint, gemegant i fent tota mena de sorolls de fera salvatge.

Després t'has posat de quatre grapes. Encara conservaves el teu cos humà, però la teva cara havia començat a transformar-se. Tenies les galtes totes cobertes de pèl de color marró fosc! No sé si «pèl» és la paraula que més escau. Primer era com una taca, un moment després t'ha sortit com una crinera de cabells gruixudíssims, que, ben de pressa, s'han trasformat en un mantell pelut i compacte, un abric per passar al ras les nits més gelades. Creixia davant dels meus nassos a una velocitat difícil de creure.

També m'ha semblat que els ulls se't feien més grossos. N'ha desaparegut el color blanc del fons i les nines ho han omplert tot. I entre els llavis se t'entreveien uns ullals enormes. Estava clar, però, que no havies arribat a la teva forma definitiva. No eres ni lloba ni persona. Eres un ésser a mig transformar.

El gran canvi encara no havia arribat. Algunes parts del teu cos (com les cames o el cul) s'han empetitit. D'altres, com les espatlles, han crescut i s'han fet més fortes. El pelatge t'ha cobert tota sencera i t'ha crescut una cua (estava tan impressionat que no recordo si l'ordre és el correcte). Tot passava molt ràpidament i era difícil fixar-se bé en tots els detalls.

Només completar la teva forma de lloba has deixat anar un udol llarg i trist. Diria que has mirat un moment a la càmera, però ja no eres tu. No hi havia ni rastre de reconeixement, en aquesta mirada. No hi havia memòria, ni comprensió, ni por. T'havies alliberat de totes les emocions humanes.

Has fet algunes voltes per l'habitació. No sé com es comporten els llops però hauria jurat que buscaves un lloc per escapar. El més important és que t'has aturat a ensumar la teva roba (que estava amuntegada a terra) com si t'interessés molt, com si hi reconeguessis alguna cosa teva.

Ha estat llavors quan han sonat els primers cops a la porta. T'has espantat. Has deixat anar un altre udol, més curt i més esfereïdor que l'anterior. Els cops han parat i s'ha sentit una veu (d'home), que cridava des de l'altra banda:

—Ha entrat un llop a la cambra de l'Olívia!

Arribat aquest punt he apujat una mica el volum dels altaveus per poder sentir millor tot el que passava (perdona, en això no t'he fet gaire cas, però ha estat una excepció). La veu de l'home ha preguntat:

—Olívia! Estàs bé? Em sents, filla?

Mentrestant, la teva forma animal feia voltes més de pressa. Ha alçat el cap, com si s'adonés que la lluna era allà i la finestra era oberta de bat a bat.

Massa tard.

El teu pare (un senyor molt alt, que portava una escopeta) ha entrat a la cambra trencant el baldó. Algú (una dona) feia crits en alguna banda, a prop, però jo no la podia veure. Ha estat aquesta veu que ha dit:

—La nena no hi és! Gràcies a Déu!

Se t'ha eriçat tot el pèl del llom només veure'ls. Has reculat, grunyint sense parar, ensenyant-los els ullals. He arribat a pensar que atacaries el teu propi pare, però llavors ha passat alguna cosa.

Quan l'has tingut al davant, ell armat i tu rabiüda, hi ha hagut encreuament de mirades entre vosaltres. Potser et deus pensar que estic tocat del bolet, però m'ha semblat veure-hi alguna cosa teva, en el més profund de la mirada de l'animal. Alguna cosa que ha fet que no matessis el caçador que et volia caçar. I em penso que a ell li ha passat alguna cosa semblant. Agafava amb molta força l'escopeta però no ha disparat. També ell, em penso, s'ha quedat com congelat un moment, mentre et mirava. Al fons dels teus ulls hi ha vist alguna cosa que l'ha aturat.

Potser aquesta mirada us ha salvat la vida a tots dos. O potser tinc massa imaginació i m'ho estic inventant tot. Vaja, serà molt millor que deixi les especulacions per a un altre moment i acabi d'una vegada d'explicar què ha passat.

Només un segon més tard d'això que acabo d'explicar-te, s'ha trencat l'encanteri. Tu has clavat una mossegada a l'aire. Ell, el teu pare, ha premut el gallet. Ha sonat un tret eixordador seguit d'un udol estripat. Un udol de dolor. El tret ha fet diana en una de les teves potes del darrere.

Una altra veu masculina ha arribat des d'alguna banda:

—Mata'l! Si no el mates, tornarà!

El teu pare feia anar l'escopeta i t'apuntava. Però tu no l'hi posaves gens fàcil: et movies sense parar.

Et confesso que he tingut molta por. M'he espantat de debò. Per primer cop a la vida, he resat perque alguna cosa passés. O, millor, perquè no passés. He resat per tu. I algú deu haver escoltat les meves pregàries, perque just en el moment que el teu pare t'apuntava un altre cop amb l'escopeta, amb el dit al gallet, tu has fet una cosa increïble.

Un salt. De gimnasta, d'acròbata, de ballarina, d'ésser arribat d'un altre món. Has fugit per la finestra.

Només després de la teva fuga ha entrat a escena una altra persona. Un paio gras. El teu germà, potser? Portava una destral a la mà i feia cara de goril·la. No t'enfadis, sisplau, potser és que estic massa enfadat o que ell no s'havia afaitat aquest matí, però aquesta és la impressió que m'ha donat. Ell i el teu pare s'han quedat quiets al mig de l'estora, mirant la teva roba per terra, a la qual no han sabut donar cap significat. Estaven molt enfadats i em penso que se sentien una mica ridículs que la presa se'ls hagués escapat davant dels nassos. El teu pare panteixava, quan ha dit:

—És la mateixa lloba de l'altra vegada.

—Com ho saps? —ha preguntat la veu de la dona des del passadís.

—L'he reconegut. I ella a mi, o no heu vist com em mirava? Aquests animals són intel·ligents.

El teu germà arrufava el front. Ha preguntat:

—I per què ha tornat?

—Ha après el camí. Sap que aquí hi ha menjar. En aquesta època de l'any els llops comencen a passar fam. A més, la imbècil de la teva filla s'ha deixat la finestra oberta en ple bosc! A qui se li acut! —ha cridat, tot tancant la finestra d'un cop sec.

El cop ha ressonat com un tro dins del meu cap. Però encara ho han fet més les darreres paraules del teu pare:

—Així que es faci de dia aniré a buscar-la. T'asseguro que aquest animal no tornarà per aquesta casa.

Ha sortit, fent grans gambades, acompanyat del teu germà, que li deia:

—Vinc amb tu. Serà fàcil, perquè està ferida. No arribarà gaire lluny.

Una tremolor freda m'ha corregut pel cos.

És veritat que estàs ferida, Fosca. Sobre l'estora hi he vist un rastre de sang. No sé fins on podràs arribar d'aquesta manera. On aniràs. Què passarà si recuperes la forma humana. Com t'ho faràs per tornar a entrar a casa teva si t'han tancat la finestra.

Ni tan sols sé com t'ho fas per recuperar la forma humana. Potser ni tu no ho saps. Per això necessitaves la meva ajuda, oi? Perquè t'ajudés a entendre alguna cosa.

He estat atent a la imatge de la càmera la resta de la nit, però no ha passat res més. Bé, sí, el teu germà ha entrat un moment a buscar alguna cosa (el seu pijama, em penso) però ha marxat de seguida. Crec que estava cagat de por pensant que podia despertar-se acompanyat d'un llop. Ni tan sols s'ha adonat que l'ordinador estava connectat i funcionava. Val més així: hauria estat horrible passar tota la nit vetllant el seu son.

I gairebé res més. No devia ser ni un quart de sis quan he sentit un udol. De primer he pensat que eres tu, que retornaves, i m'he posat content. Després m'he adonat que això no podia ser. He pensat una mica.

Vas transformar-te a les 21.16.03. Sabies de sobres l'hora exacta en què tot havia de passar, perquè aquesta era l'hora exacta en què la lluna faria el ple. La fase actual de la lluna dura unes dotze hores. La trasformació del licantrop no té res a veure amb la nit, com la gent es pensa, sinó amb la lluna. Tant se val que sigui de dia o de nit, tu seràs una lloba mentre no es donin les circumstàncies que et permetin deixar de ser-ho. Però no sé quines circumstàncies són, ni si totes tenen a veure amb les fases de la lluna.

La cacera començarà de bon matí.

No podré defensar-te i em maleeixo per això.

Si et passa alguna cosa, no m'ho perdonaré. Per si de cas, vigilaré la teva habitació tota la matinada. La teva absència és insuportable.

Ara ja sé el teu secret, Olívia. Potser alguna nit que no hi hagi lluna plena, gosaré explicar-te el meu.

Abel

29

SI L'ABEL TINGUÉS UN SON NORMAL, potser aquesta nit no podria dormir o tindria malsons o es despertaria una dotzena de vegades. Res d'això no passa. El seu descans s'assembla a la mort, com de costum. Res no l'interromp. Ni tan sols l'inconscient, ni la desesperança. Als somnis de l'Abel, només hi ha tenebres.

De la mateixa manera, per a ell el capvespre és un mecanisme automàtic. Ahir abans de ficar-se al llit va consultar l'hora de la posta de sol. 18.16. L'hora de la seva tornada a la vida s'avança, en aquesta època de l'any, uns dos minuts cada dia. L'hora en què retornarà la seva angoixa per la Fosca.

En el mateix moment que l'agulla dels segons arriba al lloc exacte, clic, un interruptor invisible li fa obrir els ulls.

El seu primer pensament és: «La cacera. Fosca». Sense posar-se les sabatilles, corre a l'ordinador. Per primer cop, l'ha deixat connectat tot el dia. A l'altra banda, però, no ha passat el mateix. Un avís l'informa de les novetats:

«AQUESTA NIT NO HI HA LLUNA PLENA ha acabat la conversa a les 15.26. Vol convidar-lo de nou a parlar?».

Deixa la decisió per a més tard.

Una alerta fa pampallugues a la barra de sota.

«Té un missatge d'AQUESTA NIT NO HI HA LLUNA PLENA. El vol llegir ara? Vol connectar-se al xat privat?».

Prem: «Connectar-me al xat privat», neguitós.

Escriu les sis lletres del nom d'ella com qui escriu un codi que ha de salvar el món d'una catàstrofe.

«Olívia».

L'Abel revisa l'estat de la seva interlocutora. «Connectat. A punt per parlar». La impaciència se'l menja.

Escriu:

Weird: Estàs bé? Quan has tornat?

La resposta es fa esperar i quan arriba és esmolada i freda com una ganivetada en la foscor:

Fosca: Qui collons ets?

En Weird nota que li bateguen les temples. No necessita llegir ni mitja paraula més per saber que algú altre ha usurpat la personalitat virtual de la seva xicota. Ja s'imagina qui pot ser.

Weird: I tu?

«Estat: escrivint». Una nova resposta:

Fosca: Deixa en pau la meva germana.

En Weird somriu. S'afanya a respondre.

Weird: Ah, hola Benjamí. Una altra vegada ficant el nas allà on no et demanen?

Coneix el germà de l'Olívia de veure'l en acció la nit passada, però, sobretot, de moltes coses que ha llegit en el bloc.

Fosca: Tens sort que no sàpiga on vius.

Weird: Potser la sort la tens tu.

Fosca: M'estàs amenaçant?

Weird: Com tu a mi.

Fosca: Escolta, imbècil: deixa en pau la meva germana. Necessites que t'ho digui més a poc a poc? No hi tinc cap inconvenient. d-e-i-x-a-e-n-p-a-u-l-a-m-e-v-a-g-e-r...

Weird: Vés a la merda.

Pausa. Si això fos un combat de boxa, aquests serien els segons en els quals els dos contrincants es miren lentament als ulls, calculen les seves forces i planifiquen l'estratègia que més bé s'adapti al seu enemic.

En Benjamí dispara:

Fosca: L'Olívia no t'ha dit que té nòvio?

Weird: És clar que sí.

Fosca: Doncs em penso que no li farà gaire gràcia saber que vas darrere la seva xicota.

Weird: Què dius? Però l'Olívia el va deixar. I ja l'ha oblidat.

Fosca: Està clar que no parlem de la mateixa persona. Jo no et parlo del burro d'en Salva. No t'ha parlat de l'Arístides? El propietari del bar Negra Nit. Està fort i té pasta. No hi tens res a pelar.

L'Abel sent una fiblada al cor. Gelosia? Un dubte impossible? Terror?

Repeteix, per a ell mateix: «Arístides».

I tot seguit pensa: «No, no pot ser el mateix».

Fosca: Les ties són així, noi. Et deixen i se'n van amb un altre quan menys t'ho esperes.

Weird: No et crec.

Fosca: És el teu problema, tio. Si ho vols comprovar tu mateix, vine al bar aquesta nit.

Weird: Quin bar?

Fosca: El Negra Nit. No hi has estat mai? En quin món vius?

«En cap», pensa l'Abel, «però només fins avui».

Weird: Dóna'm l'adreça i no t'enrotllis més.

L'Abel pren nota de les indicacions que apareixen a la pantalla: un punt quilomètric d'una carretera que no li sona de res, just entre el terme municipal de Valldellops i un poblet veí. El busca en un programa de localització per satèl·lit i no es pot creure que estigui tan a prop. La Fosca allà mateix, només allargant la mà. Escriu un missatge:

Weird: Quedem allà, doncs.

I tot seguit pensa: «Encara que m'hi jugui la vida».

30

EL BAR NEGRA NIT és al punt quilomètric 680 de la carretera de Valldellops, a poca distància de l'entrada del poble. A la pàgina web diu que s'hi ofereix una bona selecció musical, entrepans calents i freds i una taula de billar. A l'hivern obren a les vuit de la tarda i tanquen a les dues de la matinada, cada dia, menys els dilluns. L'Abel fa desaparèixer la informació quan el so de la porta l'avisa que la seva mare acaba d'arribar.

La sent que puja les escales, va cap a la seva habitació i després entra a la cambra de bany arrossegant les sabatilles velles. L'Abel respira alleugerit, però cansat. Una nit més de cares llargues.

Es mor per saber com li va anar a l'Hipòlit la seva vetllada romàntica.

Ara les passes s'apropen de nou, s'aturen davant la porta de la seva cambra i, per primer cop en tota la seva vida, la seva mare truca a la porta. Tres vegades.

—Passa —diu l'Abel, sorprès pel canvi, després de veure que a la pantalla de l'ordinador tot està com ha d'estar.

—Tens gana? —pregunta la seva mare, traient el nas amb timidesa per l'escletxa de la porta—. Avui no he tingut temps de buscar res.

—No passa res —fa ell, que de fet fa una bona estona que suporta les queixes del seu estómac—. Estic bé.

Avui té altres prioritats.

—Perfecte, fill —xiuxiueja, amb veu metàl·lica, encara molesta, la Rosa.

L'empipament s'ha anat refredant de mica en mica i les coses van tornant al seu lloc, però a la veu de la dona encara queden algunes restes de gelor.

L'Abel planifica la nit. Esperarà que la seva mare s'adormi i li agafarà les claus. Valldellops no és pas lluny, ni vint quilòmetres. Ho ha mirat per internet i ja sap quines carreteres ha d'agafar per arribar-hi. Potser tindrà sort i trobarà algú que l'hi portarà. Ha d'esbrinar, com sigui, si això que diu en Benjamí és veritat. I, per damunt de tot, necessita veure la Fosca, mirar-la als ulls i dir-li què sent per ella. Encara que sigui la darrera cosa que faci.

—Puc parlar amb tu un moment, fill? —pregunta la Rosa.

L'Abel fa que sí, amb resignació, sense ganes. La mare s'asseu al llit. El seu posat té un aire solemne que el seu silenci fa més profund.

—T'he de dir una cosa.

L'Abel escolta, intrigat, acaronant l'esperança que el seu col·lega de confidències hagi tingut sort. Recolza l'esquena a la cadira, es posa còmode i mira la seva mare, que s'ha assegut amb les cames molt juntes i les mans entortolligades.

—Ahir l'Hipòlit em va demanar que em casi amb ell —fa.

L'Abel examina la cara de la seva mare. No sembla contenta. Li ha donat la notícia com si li estigués explicant alguna cosa de la qual cal avergonyir-se. Després, ha abaixat els ulls i s'ha entretingut mirant a terra.

—Felicitats, mare —ha fet ell—, m'alegro molt que per fi s'hagi decidit. Em penso que fa molts anys que està boig per tu. Us mereixeu tenir algú que sàpiga que...

—Li he dit que no —s'avança ella.

L'Abel té ganes de preguntar per què, per què ho ha fet, si està boja o si té gaires oportunitats com aquesta o si s'ho ha pensat bé. Podria recordar-li quant temps fa que es queixa de la seva soledat pesada com una llosa. Podria demanar-li que deixi de buscar excuses per estar sola, que ell ja és gran i pot viure sense ella, que la seva feina s'ha acabat i serà millor per a tothom si ho accepta d'una vegada. Per a ella, per a ell, per al tros de pa de l'Hipòlit que —sospita— fa un munt d'anys que l'estima en secret i vés a saber com s'ho ha fet per atrevir-se a dir-l'hi, per fi.

Com que l'Abel sap de memòria qualsevol resposta que la Rosa pugui donar-li, només respon:

—Tu mateixa. Però em penso que t'equivoques.

La Rosa aixeca la mirada i topa amb els ulls acusadors del seu fill. La seva és una mirada estranya i buida, que fa por. La mirada d'algú que fa molt temps que va decidir que mai no seria feliç. La mirada d'algú que no és capaç de deixar que les coses canviïn perquè ha fet de la seva desgràcia la seva religió.

L'Abel sap que les paraules gairebé mai fan que canviïn les coses, però malgrat tot decideix que val la pena intentar-ho.

—Mare, hauries de deixar que les coses anessin d'una altra manera.

La Rosa el talla, seca:

—No em diguis què he de fer. Fa molt temps que ho sé.

I tot seguit s'aixeca i se'n va a la cuina. La conversa s'ha acabat.

Si algú preguntés a l'Abel què sent en aquest moment, no sabria què dir. És una barreja de ràbia, tristesa, resignació, soledat, menyspreu, odi i avorriment, acumulats d'anys i anys. No creu que hi hagi ningú al món amb menys esperances que ell.

Quan tanca la porta de la seva habitació, li agradaria que el món desaparegués darrere seu.

31

La nit transcorre lenta, insuportable. La seva mare és a la saleta des de fa molta estona, pensant, amb la tele apagada. Enmig del silenci espès, l'Abel sent les passes de la Rosa per les escales. És un moviment nou, diferent dels altres, que el deixondeix a l'acte. Els panys sonen. Dos, primer. Després, els altres quatre. La porta grinyola.

La seva mare marxa? A aquestes hores?

No. No li arriba el soroll del motor del cotxe. Més aviat deu haver sortit a prendre una mica l'aire. Ho fa molt de tant en tant, quan necessita tranquil·litzar-se. No és tan estrany.

L'Abel torna a les seves coses, fent veure que tot va bé. Està mirant de concentrar-se en la feina quan sent passes que pugen a corre-cuita les escales. La seva mare puja i ha deixat la porta oberta (no ha sentit els panys). Va cap a les cambres dels trastos, remena algunes coses i en torna a sortir, precipitadament. Quan passa pel costat de la cambra del seu fill diu, molt esverada:

—Hi ha un llop al voltant de la casa.

L'Abel s'aixeca d'un salt. El seu cor ha triplicat les pulsacions en un segon. Surt al passadís just a temps de veure la seva mare amb una escopeta a les mans, que baixa les escales de dos en dos. Corre al seu darrere, amb el cor a punt d'esclatar.

Recorda unes paraules que la Fosca li va escriure al xat privat: «De vegades somnio que arrenco a córrer i no paro fins a arribar a casa teva».

Llavors li va dir que volia que ho fes. Ara maleeix que ho pugui haver fet.

La Rosa surt al jardí amb l'arma a punt, mirant cap a totes bandes, com un caçador amb un atac de nervis. Travessa la reixa d'entrada i les seves passes cruixeixen amb les pedretes del camí. Diu, per a ella mateixa:

—Hauria d'haver posat trampes més enllà dels murs. Ara l'hauríem agafat.

L'Abel està content que no hi hagi més trampes. Flaira l'aire fred de la nit, a la recerca dels rastres del quadrúpede que persegueix la Rosa. Percep una olor acre inconfusible. Sang. Hi ha un animal ferit als volts de la casa. Si pogués sortir al camí, allà on la seva mare vigila enmig de la foscor, potser els seus ulls d'animal nocturn podrien veure-la. Però quan prova de travessar la reixa, la seva mare li barra el pas tot dient:

—Ni se t'acudeixi! Aquestes bèsties són molt perilloses —li crida, molt nerviosa.

L'Abel no es belluga. Des d'aquí domina uns quants metres del camí i un primer tram del bosc. Distingeix, a més, un parell de ratolins que corren entre les fulles seques i un mussol enfilat dalt d'una branca molt alta. Res més. Tot i això, l'olor de la sang li diu que la presa que la seva mare busca no és gaire lluny.

La Rosa acluca els ulls, es carrega d'espatlles, agafa l'escopeta amb totes dues mans, se la creua sobre el pit, fa voltes sobre ella mateixa, com si pensés que alguna cosa terrible li pot saltar al damunt en qualsevol moment. El seu comportament recorda els protagonistes de les pel·lícules d'acció. Fins i tot faria gràcia, si no fos que l'Abel no està per a bromes.

Sona alguna cosa entre el brancam. La Rosa gira de cop, li sembla que ha vist alguna cosa, dispara tres vegades. Els trets ressonen a la fondària del bosc i de la nit.

—No disparis, sisplau! —crida l'Abel, i es llança contra ella, amb tanta empenta que la fa caure.

La Rosa es retorça, no entén què fa el seu fill.

—Deixa'm! Què fas? —brama.

L'olor de la sang fresca és més intensa encara, però l'Abel sap dominar-se. Per primer cop, les emocions poden més que el seu instint d'animal famolenc.

Des d'aquesta nova posició horitzontal, més enllà de la reixa d'entrada, per primera vegada en la seva vida, l'Abel veu un parell d'ulls que brillen en la foscor, entre el brancatge. A dins hi veu moltes més coses de les que pot comprendre: hi veu terror. Hi veu súplica. Hi veu desig. Sent un udol petit com un gemec de criatura. És una lloba marró, de mida mitjana, molt bonica. Àgil, malgrat la ferida que la fa coixejar. La veu sortir del seu amagatall i perdre's en la negror de la nit.

—Ho veus? —rondina la seva mare, maleint la seva mala sort—, era un llop! Hauries tingut menjar per a dos dies, almenys! Merda, merda, merda!

L'Abel l'ajuda a aixecar-se. La Rosa s'espolsa la roba. Encara prem ben fort l'arma, corre pel camí, mirant en totes direccions; no està gens disposada a donar-se per vençuda.

—Tant és, mare —diu ell—, ja t'he dit que no tinc gana.

—Es pot saber què et passa, a tu? —Ara la Rosa s'enfronta a ell directament.— Era aquí mateix, davant nostre! El teníem a tocar. I l'has deixat escapar com si res.

—No vull menjar llop, mare. Això és tot.

—Que no vols...? I puc saber per què? —Hi ha un to de menyspreu en la veu massa alta de la Rosa.— Et penses fer vegetarià, ara?

L'Abel arrufa el front. El molesta la ironia que gasta la seva mare.

—Tant de bo pogués —murmura.

Entren a casa. L'Abel espera que la seva mare tanqui els quatre panys de la porta d'entrada. L'encontre amb la lloba l'ha trastocat. No pot apartar aquells ulls dels seus pensaments. Aquella mirada de brillantor humana, intel·ligent.

Tot i que hi ha diferents indicis que el duen a pensar que no pot ser ella. El primer i més important: ja no hi ha lluna plena. La Fosca va transformar-se fa un parell de nits i, a més, en Benjamí li ha dit que aquesta nit serà en aquell bar, on d'una manera una mica estranya s'han citat. No, és impossible que aquest animal fos la Fosca. Només és el seu desig de trobar-la el que l'empeny.

La seva mare continua insistint:

—Penses explicar-me què passa, aquí? Estàs molt estrany —li diu.

—No passa res, mare.

I davant la mirada inquisidora d'ella, que s'ha aturat just davant la segona porta amb les mans a la cintura i els cabells despentinats, afegeix:

—He decidit canviar.

—Canviar?

—Almenys, intentar-ho.

—Canviar, com?

—No vull deixar que l'instint em domini com fins ara.

La Rosa riu un altre cop. Una altra riallada esfereïdora, llarga, abans de deixar la porta enrere i pujar les escales. La seva veu ressona com un eco quan afegeix:

—Molt bé, fill. Si ho aconsegueixes, avisa'm. Seràs l'únic ésser viu del planeta que és més fort que els seus instints.

32

L'ABEL TÉ RAÓ: pot canviar.

A la vida hi ha un moment en què encara som a temps de tot. Encara tenim la possibilitat de triar allò que volem ser. I també allò que no volem ser. L'Abel es troba en aquest moment tan especial: té disset anys.

El xucla-sang que vol canviar el seu destí espera que la seva mare s'adormi. No apaga l'ordinador. Deixa el llum de la seva habitació encès expressament. Tanca la porta. Posa les sabates al costat de la motxilla, al passadís. Camina en mitjons sobre les rajoles, per no fer soroll. Mira la seva mare des de la porta de la cambra.

La Rosa s'ha adormit amb la tele engegada, una revista oberta sobre el pit, les ulleres a punt de caure-li de la punta del nas i la bata cordada.

L'Abel s'hi acosta amb prudència, calculant les distàncies. Només uns centímetres el separen de les claus, però sap que no serà un objectiu fàcil. Un objectiu que fa soroll sempre comporta un risc extra. I del clauer pengen unes deu claus, cadascuna amb la seva pròpia banda sonora. Omple d'aire els pulmons, agafa forces. S'hi atreveix.

Des del costat del llit estant, el seu braç fa una paràbola a l'aire, la seva mà com una pinça va cap al clauer i les deu petites sorolloses claus. Gairebé ho ha aconseguit, però un segon després s'ha de fer enrere.

La seva mare es remena dins del llit. Les ulleres li rellisquen nas avall i li cauen sobre la boca, provocant-li un ensurt que la desperta a l'acte. Per sort, l'Abel ha estat més ràpid i ha sortit a cuita-corrents. Retirada silenciosa. Ha aconseguit que l'enemic no el vegi, ha recollit les seves coses i s'ha amagat dins la seva cambra, esperant la segona oportunitat.

El cor li batega a les temples.

Abans de poder tornar a intentar-ho ha de passar una hora i mitja. Per tal d'aprofitar el temps, i també perquè l'ansietat el devora, torna a revisar tot el que porta dins la motxilla. Hi afegeix un pot d'alcohol i un altre de iode, juntament amb algunes benes. Si troba l'Olívia necessitarà totes aquestes coses, perquè sap del cert que ha pres mal.

Trobar-la. Potser aquesta idea és una quimera impossible; potser el caçador ja ha arreplegat la seva víctima. Potser és veritat que és la nòvia d'un altre. Potser avui farà el ridícul més gran de la seva vida. Però alguna cosa dins seu li diu que ha de tirar endavant. Alguna cosa li diu que totes aquelles paraules d'ella en el xat privat no podien ser mentida. S'estima més pensar que en Benjamí menteix per alguna raó amagada que encara no comprèn.

Conclusió: encara que aquesta nit fos l'última, hauria pagat la pena mirar de trobar-la.

Són les quatre tocades quan surt un altre cop de la seva cambra. Aquesta vegada té més sort. La seva mare s'ha tret la bata i l'ha deixat sobre el cobrellit, com si fos una manta. En contra seva, la tele està apagada i el silenci és profund, absolut. A favor té la lluna en quart decreixent, que il·lumina des de la seva posició privilegiada i sembla que el vulgui ajudar, i la seva visió nocturna (per segona vegada en una mateixa nit). En contra: els rugits ferotges del seu estómac buit.

Entra a la cambra lliscant sobre les rajoles del terra. Com abans, espera al costat del llit, quiet. La respiració de la seva mare és calmosa i marca un compàs lent. Aquest cop no hi ha revistes ni ulleres que facin nosa. L'únic risc és l'insomni, aquests despertars sobtats de la Rosa, que poden presentar-se en qualsevol moment i que, de fet, es presenten diverses vegades cada matinada.

La butxaca dreta de la bata està farcida d'alguna cosa. Es veu perfectament. El seu objectiu és allà.

Mesura les seves possibilitats. Compta fins a deu amb el cap, per donar-se ànims. Finalment, s'hi llança. La seva mà entra a la butxaca netament. Agafa el clauer i tot el seu contingut com si fos un cabdell i tanca el puny amb tanta força que es clava les claus al palmell de la mà. Li fa mal, però tant li és. El tacte fred de les peces metàl·liques el fa més valent. Per primer cop, té a les mans la llibertat amb què somnia des de fa tant temps. Tot el món dins del seu puny.

Comprèn que ara ja no pot tornar enrere. La seva mare es belluga una mica, busca instintivament la bata per acotxar-s'hi. L'Abel sap que no trigarà a despertar-se. Que no té gaire temps.

Surt a corre-cuita al passadís i recull les sabates. Gairebé s'entrebanca per l'escala, per culpa dels nervis. Arriba fins a la porta. Encén el llum. Es gira molt de pressa, espantat. Li ha semblat que algú l'observava. Només ha estat un ensurt. Si la seva mare el descobrís en aquest moment s'enfadaria moltíssim i el faria tornar a la seva habitació. No hauria servit de res tant d'esforç. Hauria estat un risc inútil.

Quan veu els panys de la primera porta es queda paralitzat. Quina clau encaixa a cada pany? Hi ha deu claus. Dues són de la primera porta. Quatre, de l'altra. Les quatre restants no té ni idea d'on són, ni ho pensa esbrinar. Deu claus, dos panys. Això vol dir, una possibilitat entre deu d'encertar a la primera. No té temps per perdre.

Ho comença a intentar, sense seguir cap ordre, sense gens de cura. Li sembla que prova diverses vegades la mateixa peça al mateix forat. Triga moltíssim abans no troba la primera. Després, continua, tossut, amb el segon pany. I tot d'una en troba la clau i la porta s'obre. Conquereix el vestíbul, la llar de foc, el carretó metàl·lic, les gàbies i la segona porta, la definitiva, l'accés al món autèntic. Li sembla que sent un soroll que ve de dalt i maleeix la seva sort. Li tremolen les mans quan tria una altra clau i mira d'encaixar-la al primer pany. Tot d'una pensa: «Hauria d'haver separat les claus que ja he utilitzat». Però no ho fa fins al tercer intent. Està massa nerviós per pensar en mètodes.

La tercera la troba després de sis intents. Després, tot sembla més fàcil. La llei de probabilitats ajuda una mica. De sobte, l'últim pany cedeix amb facilitat inesperada i la porta s'obre de bat a bat. El fred de la nit li acarona les galtes. La lluna el rep, impassible. Una brisa lleugera gronxa les copes dels arbres més alts, que murmuren una cançó misteriosa.

Mentre es posa les sabates, se sent aterrit i eufòric al mateix temps. Fa una primera passa cap a la reixa. S'atura just al costat del cotxe. Un soroll li crida l'atenció. Un animaló petit. Una musaranya o alguna cosa semblant, potser un talp. Ha caigut en una trampa i vol alliberar-se amb moviments espasmòdics. Aquest cop no s'hi pot resistir. Fa moltes hores que no menja res. No trigarà ni deu segons.

En fer la volta pel costat del vehicle aparcat, li sembla veure-hi alguna cosa. És darrere, sobre el seient. Una evidència dolorosa que li esgarrapa l'ànima. La seva guitarra. La mira un moment des de fora, oblidant la musaranya, perdent un temps preciós, mentre els ulls se li omplen de llàgrimes. Arriba a la conclusió que no pot endur-se-la en la seva fugida, tot i que deixar-la enrere li trenca el cor.

El silenci és tan absolut com el seu desassossec. Tres segons més tard, camina cap a la reixa. El ferro s'obre amb un grinyol que esvalota algun ocell de la nit. Quan trepitja més enllà de l'únic territori conegut, una estranya serenitat li atorga forces.

De sobte necessita córrer. I ho fa. Amb totes les seves forces.

Corre.

S'allunya a tota velocitat, tant com li permeten les seves cames fortes. Respira la fresca de la nit, que fa flaire de llibertat, de neguiteig, de món desconegut, de desig de ser un altre Abel, d'esperança de trobar l'Olívia, de petits rosegadors dels quals alimentar-se. D'esperança nova de trinca.

Al seu darrere deixa les claus penjant de l'últim pany i la seva mare adormida i tranquil·la. No té ni idea de la sorpresa tan desagradable que s'endurà quan es desperti.

33

A LA PANTALLA DE L'ABEL, l'última entrada del bloc de la Fosca és un interrogant obert:

Els humans i els llops compartim més coses de les que ens imaginem.

Una bandada de llops està formada pel cap, la seva femella i els diferents cadells que han nascut en diferents cadellades. Si hi hagués una altra femella, tindria un rang inferior i es quedaria en segon lloc. Sempre.

Al grup, ningú s'atreveix a desafiar el poder del més fort i poderós: el cap. Si algú ho fes, n'hauria d'assumir les conseqüències.

Només hi ha dues maneres d'abandonar la bandada:

Els mascles joves se'n van del grup, a buscar femelles i aliment. Amb el temps, cadascú acabarà formant la seva pròpia bandada, regida per les mateixes normes.

Un membre és rebutjat pels altres. Quan passa això, l'estrany ha de marxar. El més probable és que es converteixi en un llop solitari, condemnat a viure, caçar i morir sol.

Fa temps que em sento estranya enmig dels meus. El cap em rebutja, no hi ha lloc per a mi entre els germans. Crec que s'apropa el moment d'escollir el meu propi camí. Abandonar la llopada.

No tinc ni idea de si existeixen llobes solitàries, però jo no en vull ser una.

Sé molt bé amb qui vull estar i per què. Ara només necessito trobar el camí que em condueix fins a tu, Weird.

34

A LA BUTXACA DRETA DE LA BATA, sobre el cobrellit, una nota escrita amb la lletra de l'Abel diu:

Estimada mare:

Tinc les meves raons per marxar d'aquesta manera, que algun dia m'agradaria explicar-te. T'estimo molt i t'agraeixo de tot cor que t'hagis preocupat tant i que hagis tingut cura de mi tots aquests anys. Algun dia tornaré a fer-te una visita, però mentrestant m'agradaria que aprofitessis la meva absència per ser feliç. Segur que l'Hipòlit encara està d'allò més disposat a acompanyar-te a París. Els bitllets us esperen. Un petó ben fort del teu fill que t'estima,

Abel

35

Estimada Olívia:

T'escric aquest correu electrònic, el darrer que t'envio des de la meva habitació, casa meva i la meva vida de sempre, per dir-te que aquesta nit passarà una cosa molt important. Per si no et torno a veure, vull que sàpigues tres coses: que t'estimo, que ets el més important que m'ha passat mai i que sóc un monstre.

No sé on ets però pretenc seguir l'única pista que tinc: Negra Nit. Si t'hi trobo, ningú no podrà aturar-me, t'ho prometo.

Si encara ets viva i si jo també ho estic després d'aquesta nit, et prometo que mai més no tornaràs a sentir-te sola.

Si el que diu el teu germà és veritat, o si la cacera del teu pare ha sortit bé, el meu destí serà aquest: m'estiraré sota els arbres del bosc, tancaré els ulls i esperaré, pacient, que el sol faci bocins el meu cos. Estigues segura que el meu darrer pensament serà per a tu.

Si pel camí topo amb algú disposat a fer-te mal, sigui qui sigui, serà ell qui conegui aquest mateix destí. Ja saps en qui penso: l'Arístides.

No sé si podràs llegir aquest correu ni quan. Tant se val. Necessitava dir-te tot això. De vegades, en les paraules ens hi va la vida, no creus?

Desitja'm sort, amor meu.

T'estimo,

Abel

INTERMEDI

NEGRA NIT

ESTRANY SUCCÉS EN UN BAR PROP DE VALLDELLOPS

UN SUCCÉS HA COMMOCIONAT els habitants de la tranquil·la Vall del Silenci: Arístides, l'amo del local d'esbarjo més popular de la zona, un bar saló de billar conegut com a Negra Nit, va desaparèixer en circumstàncies estranyes la matinada passada poc després que un assaltant entrés per sorpresa a la seva propietat. Des de llavors no se'n sap res més. L'únic testimoni presencial dels fets és el millor amic del desaparegut, un jove de divuit anys anomenat Benjamí. El seu testimoni, de moment, tan sols ha aconseguit desconcertar els agents de la policia científica que investiguen el cas.

Segons explicà a la policia el jove Benjamí, encara en estat de xoc, va arribar al bar del seu amic cap a les cinc de la matinada. Van jugar unes partides de billar i van conversar una estona, com acostumaven a fer. Cap a les set, un desconegut va irrompre al local provocant nombroses destrosses. Pel que fa a la identitat de l'agressor, Benjamí s'ha limitat a dir que «no l'havia vist mai» i que era «alt, fort i jove». També va explicar que el desconegut i Arístides van protagonitzar una violenta baralla els motius de la qual es desconeixen, i que va continuar a l'exterior de l'establiment, a la riba del Riu Negre, últim lloc on van ser vistos els joves. Dels motius que van fer que la baralla comencés, l'únic testimoni no n'ha dit res.

La policia ha inspeccionat la zona, en una àrea de quatre quilòmetres al voltant del lloc dels fets, a la recerca de pistes, però no ha pogut trobar res. Dins del local, en canvi, sí que es feien evidents els indicis de la baralla: el billar estava destrossat, s'havien trencat un gran nombre d'ampolles, així com un mirall, diverses portes, un tros del taulell, algunes rajoles del terra, els tacs del billar, les potes de diverses cadires i fins i tot part d'una paret mitgera. Segons fonts policials «es fa difícil creure que un acarnissament tan ferotge l'hagin dut a terme dos éssers humans i no dues bèsties».

El cas està ple d'interrogants que no semblen fàcils de resoldre.

De la víctima, sense anar més lluny, amb prou feines se'n sap res, llevat que es deia Arístides i regentava aquest bar des de feia cinc anys. Pel que sembla, no tenia parents vius ni cap altre amic que no fos l'esmentat Benjamí. La policia creu que fins i tot el seu nom podria ser un pseudònim, ja que no consta a la seva partida de naixement, no se li coneix cap domicili ni té historial mèdic de cap tipus.

El més decebedor és que de l'agressor encara es tenen menys pistes. Pel que fa al seu mòbil, es desconeix totalment. No era econòmic, tenint en compte que no va robar diners ni cap altre objecte. Podria tractar-se d'alguna venjança, tot i que no hi ha notícia que al bar es trafiqués amb substàncies estupefaents o il·legals de cap tipus.

A la part posterior del local, la policia va trobar una gran gàbia el pany de la qual havia estat forçat. Es creu que contenia un llop, que fou alliberat per l'agressor, ja que s'han trobat empremtes que podrien correspondre a un exemplar de mida mitjana d'aquest animal. Malgrat tot, s'ignora la relació que aquest fet pot mantenir amb l'atac. La policia creu, a més, que el llop devia estar ferit, atès que dins la gàbia han aparegut restes abundants de sang. Ara com ara, s'investiga la possibilitat que aquests fets tan estranys tinguin relació amb la caça furtiva de llops, espècie protegida des de fa anys, encara que de moment no se n'ha pogut aclarir res.

El jove testimoni està rebent atenció psicològica. El bar Negra Nit ha estat precintat per les forces de seguretat fins a nou avís.

Diu la llegenda que al començament de tot els éssers humans vivien sota terra. Duien una vida trista, d'obscuritat i insatisfacció. Un dia, els llops, veient la seva tristor, els ajudaren a sortir a la superfície i els van mostrar la bellesa del món. Els ensenyaren a caçar, a viure en bandades, a estimar la natura. Però els homes, malagraïts, van declarar la guerra als llops en el mateix moment en què no els quedà res per aprendre. I una nit de lluna plena expulsaren els llops del seu territori.

D'aleshores ençà, els llops udolen durant el pleniluni, bojos de tristor per no poder tornar amb els homes.

Mentrestant, els homes somien convertir-se en llops per poder continuar aprenent.

SEGONA PART

FOSCA

DECÀLEG DELS LLOPS

Respecta aquells que són més grans que tu.
Ensenya als joves.
Coopera amb els teus germans.
Juga sempre que puguis.
Caça quan ho necessitis.
Descansa entremig de les dues coses.
Comparteix el teu afecte.
Expressa els teus sentiments.
Fes que el perill tingui por de tu.
Deixa pertot la teva empremta.

I

NECESSITO EXPLICAR LES COSES horribles que m'estan passant i moltes d'altres que, imagino, em passaran. Començaré pel principi.

Fa dues setmanes vaig despertar d'un coma. Per a qui no sàpiga de què parlo, *coma* (segons el diccionari) és «l'estat patològic que es caracteritza per la pèrdua de la consciència, la sensibilitat i la capacitat motriu voluntària». El meu va durar dos dies i mig i va ser de nivell 3 (el màxim és 4). És a dir, que durant prop de seixanta hores em vaig convertir en un vegetal incapaç de sentir, parlar, pensar, caminar ni saber res de tot allò que succeïa al meu voltant.

En despertar-me em sentia dèbil i desconcertada, com si acabés de ressuscitar. No entenia per què tothom em parlava alhora ni per què em feien tantes preguntes. No em recordava de res, i em va costar molt començar a reconstruir el trencaclosques dels meus propis records.

Els metges no paraven d'interrogar-me: «Quin és el darrer fet que recordes amb nitidesa?, Vas fer alguna cosa en les hores prèvies a la pèrdua de consciència que vulguis explicar-nos?, Vas beure, vas inhalar o et vas injectar res?, Vas provar substàncies desconegudes?, És molt important, pel teu bé, que siguis absolutament sincera».

No entenia què m'estaven preguntant, ni per què el metge ho feia amb aquell somriure de babau als llavis.

Li vaig dir la veritat: l'única «substància desconeguda» que havia provat era l'aigua del Riu Negre. En diuen així, tot i que de negre no en té res. Al contrari: és un rierol d'aigua fresca, cristal·lina i boníssima, que parteix pel mig la Vall del Silenci (incloent-hi la part del bosc que queda rere la finca dels meus pares) i del qual els veïns n'expliquen un munt de llegendes.

Diria que no em van creure.

«El teu germà ens va dir que quan vas tenir l'atac estàveu en un bar de Valldellops, passant l'estona. És molt important que sapiguem què havies begut. Sabem per en Benjamí que l'amo del local us va convidar a unes copes. Necessitem saber-ho tot, fins el detall més petit, per poder arribar a un diagnòstic».

Aquestes eren les paraules dels metges. Per descomptat, cap d'ells no tenia ni idea del que havia passat en realitat.

Vaig anar al Negra Nit perquè el meu germà s'hi va entestar. Normalment no surto amb en Benjamí perquè cap dels dos no suporta els gustos de l'altre, començant per la música i acabant pels amics. Però aquella nit mon pare estava de molt mala llet i vaig pensar que seria millor sortir una estona perquè em toqués l'aire. No volia quedar-me a casa pensant en en Salva o mirant sèries deprimidents d'aquelles que li agraden a la mama. A més, per algun motiu que se m'escapava (més tard ho vaig entendre) en Benjamí va insistir que l'hi acompanyés. No ho havia fet mai.

Vam anar amb la moto del meu germà, esquinçant l'aire glaçat de la vall. Vam arribar poca estona després de la mitjanit. El Negra Nit estava gairebé desert. Vam jugar unes partides de billar, vam gaudir de la música (que és bona) i l'amo, aquell amic estrany del meu germà que no sé mai com es diu, ens va convidar a beure. Jo vaig demanar una taronjada.

Quan me la va dur, amb un somriure d'anunci, vaig recordar de sobte per què no suporto aquest tipus: havia afegit vodka o alguna cosa semblant al meu got. Era vomitiu. Tots dos van riure amb la meva cara de fàstic.

—A la meva germana només li agraden les begudes de menú infantil —va dir en Benjamí.

—Doncs ja és hora que et facis gran, no? —va dir el seu amic, apropant-se massa.

No em va semblar que fes pudor d'alcohol, ni vaig veure que begués res, però es comportava com si estigués borratxo.

Vaig deixar el got a la barra i no vaig tornar a provar-ne el contingut.

—Et poses interessant quan t'enfades —em va dir el raret, fent-se el graciós.

Va treure un altre got, hi va posar gel i hi va buidar l'ampolla de taronjada. Després me'l va dur, sense parar de somriure.

—Té, princesa. Perdona'ns, sisplau.

Em va posar el got a les mans —jo no feia cap mena de gest per agafar-lo ni per perdonar-lo— i es va apropar tant que vaig notar el seu alè a la meva boca. Va ser repugnant. Em vaig decantar. Crec que se'm va escapar una altra ganyota de fàstic. Llavors vaig sentir la seva mà grossa i calenta a la meva esquena. La va deixar caure entre els omòplats, i la va deixar lliscar sobre la columna, fins més enllà de la trinxa dels meus pantalons, mentre em xiuxiuejava a l'orella:

—El teu germà m'ha explicat el que t'ha passat. Penso que has pres la millor decisió, princesa. Quan et posen les banyes has de tallar-ho en sec. Pressenteixo que tu i jo ens assemblem molt.

Em vaig aixecar d'un bot. Vaig dirigir una mirada assassina al meu germà —que estava al costat del billar— i una altra al seu amic. Vaig deixar el got a la barra i vaig decidir que me n'anava a fer un volt.

L'amic del meu germà ja és gran. No sé ben bé quina edat té, però més de vint-i-cinc, segur. És alt, té cos de gimnàs i una cabellera curta negra, que duu lligada amb una cua. Sempre es vesteix de negre, té un cotxàs d'aquells esportius, impressionant, i un estil d'estrella de cine que de vegades fa una mica de riure. Sé que al bar entren cada nit un munt de noies amb un únic desig: endur-se'l al llit. No es pot negar que no sigui atractiu, ho reconec, però hi ha alguna cosa d'ell que em repugna. I no puc entendre per què, si té tantes noies com vol, es va encapritxar de l'única que no vol saber res, és a dir, de mi. Els tios són així! Els agrada allò que no està al seu abast.

Últimament la meva vida sentimental s'ha convertit en una muntanya russa. L'última cosa que desitjava aquella nit era haver de parar els peus a algú. Quan vaig sortir a la part del darrere del bar, deixant els dos amiguets jugant al billar, estava realment emprenyada. No podia parar de pensar en en Salva, en la Margarida i en la meva mala sort amb les relacions. Tenia ganes de matar el meu germà per haver explicat les meves coses a un perfecte desconegut, i també moltíssimes ganes de plorar, que, evidentment, vaig dissimular com si m'hi anés la vida.

«Fer un volt» quan estàs al Negra Nit només pot significar dues coses: caminar per la carretera, que és secundària i gairebé no té voral, amb el risc de morir aixafada pel primer camió que passi, o bé fer una passejada pel bosc frondós que hi ha just darrere i que també deu estar farcit de perills, però que no fan pampallugues en l'obscuritat com els fars d'un camió.

Vaig escollir la segona opció.

Per sort, hi havia lluna plena i feia bo. El bosc, amb aquella llum pàl·lida, semblava un lloc amable i tranquil. De tant en tant, alguna cosa murmurava sota els meus peus, o una òliba xisclava a la llunyania, però no m'espantava res de tot això. Estava massa rabiosa per sentir por. No podia creure que hagués sigut tan estúpida per acceptar la invitació del meu germà. I tampoc que ell fos tan traïdor per explicar la meva vida privada al seu amic bavós. I encara menys per confabular-se amb ell i ajudar-lo en les seves estratègies de seducció.

Perquè de cop i volta ho veia claríssim: per això havia insistit tant el meu germà perquè l'acompanyés. El seu amic havia decidit lligar amb mi precisament aquella nit.

Així que no buscava res en concret enmig d'aquella vegetació, només calmar-me una mica. Ni tan sols sabia cap a on anava. Vaig asseure'm a la riba del Riu Negre i vaig plorar una bona estona pensant en en Salva, la Margarida, en el meu pare que no volia saber res dels meus sentiments i només pensava en ell mateix, en la meva mare que li donava la raó fins i tot quan no la tenia, en com n'és de complicada la vida, de vegades. Vaig plorar per tot això i vaig aconseguir sentir-me una mica millor. Em sembla que vaig estar-me allà més d'una hora, perquè de sobte em vaig adonar que tenia fred i que la lluna estava molt alta. Un ventet suau feia ballar les fulles dels arbres i sentia la remor de l'aigua. Em va venir set.

Em vaig agenollar al costat del riu, vaig fer cassoleta amb les mans i vaig beure fins que en vaig tenir prou. Era tan bona que no vaig poder evitar somriure en recordar unes paraules que un cop em va dir l'Eliseu:

—No beguis mai l'aigua embruixada del Riu Negre, nena, perquè et passaran coses horroroses.

He de pensar a explicar qui és l'Eliseu. De moment, només diré que és pastor i que és molt vell. Un home de pagès. I amic del meu pare.

Però estava explicant que vaig beure amb molta set l'aigua del Riu Negre. Després em vaig aixecar i vaig comprovar que em sentia millor, més relaxada. Vaig decidir tornar al bar i demanar a en Benjamí que em dugués a casa. Vaig començar a caminar cap a la resplendor groguenca que s'intuïa uns metres davant meu, al costat de la carretera. El rebombori de la música del local arribava fins allà.

Dic això perquè aquestes són les dues úniques coses que tinc dins la memòria: la música i la llum en la distància. Poques passes després vaig sentir un dolor molt fort a l'estómac i el món va començar a fer voltes i més voltes. Vaig tenir temps de treure'm el mòbil de la butxaca i trucar al meu germà, però no vaig aconseguir articular cap paraula.

Després ja no recordo res més: només l'hospital i les preguntes.

2

EN DESPERTAR-ME, LA PRIMERA cosa que em va cridar l'atenció van ser les olors. N'hi havia moltes, carregades de matisos. Algunes eren tan fortes que quasi no podia suportar-les. L'olor de suavitzant dels llençols. L'olor de la colònia de la senyora del llit del costat. La fortor de gat de la infermera. El tuf de pixums d'un nadó, nét de la meva companya d'habitació. I la pudor de menjar que ho impregnava tot. Els dits de les infermeres, la tapisseria de les cadires, la roba del meu germà. Només d'ensumar-los sabia el que havien menjat. Moltes d'aquelles olors em regiraven l'estómac o em feien esternudar. Tot d'una no suportava el gel de dutxa o el suavitzant dels cabells. Encara menys, els productes de neteja. El món està ple d'olors insofribles i no me n'havia adonat mai.

També la sang. En sentia l'olor a metres de distància. Encara que estigués dins d'aquelles bossetes de plàstic que s'utilitzen per a les transfusions. I em feia venir basques.

De seguida vaig fer un descobriment molt més impressionant. Quan tots aquests efluvis fastigosos no m'ho impedien, era capaç de distingir les persones des de molts metres lluny només amb l'olor que m'arribava fins a les fosses nasals. No perquè portessin un perfum molt fort o perquè no s'haguessin dutxat aquell dia. Simplement, reconeixia l'olor de la seva pell. Cada persona té la seva, única al món (per a qui sigui capaç d'identificar-les, és clar). El meu metge, per exemple, feia una olor entre agra i dolça, com de pruna massa madura. El meu pare em recordava la sal molla. La meva mare, fusta vella. Als meus germans no els vaig veure durant els dies en què vaig estar ingressada. Llevat en Benjamí, que va treure el cap per allà amb aquell fanfarró amic seu fent veure que estava molt preocupat.

El primer que vaig pensar en veure'ls va ser: «Què fan, aquests, aquí? Com pot ser que quan estàs malalt no puguis evitar rebre gent que no vols veure?». Tot just els vaig haver ensumat vaig pensar que el meu germà s'hauria de dutxar més sovint: feia pudor de suor rància. El seu amic, en canvi, feia una olor que no vaig aconseguir identificar amb res humà. Ni rastre de suor. Una aroma diluïda de llet passada. Una mica estrany per a un paio que regenta un bar perdut enmig del no-res, oi? Per cert, ni tan sols a l'hospital va canviar la seva actitud cap a mi. Em va engrapar la mà, em va apropar els llavis a l'orella —altre cop el seu alè calent a tocar de la meva pell— i va murmurar:

—Estàs molt maca, princesa.

Em mirava com si volgués menjar-se'm mentre el meu germà somreia sense parar. Quin fàstic. Quan van marxar, la infermera em va dir:

—Perdona que m'hi fiqui, però el teu xicot està per sucar-hi pa.

—No és el meu xicot —vaig aclarir de seguida.

Els ulls de la infermera, la més jove i la més simpàtica de la planta (feia olor de xai jove), es van il·luminar de cop. Va ser a ella a qui vaig explicar, per cert, el que m'estava passant. Això de les olors. Com m'hauria d'haver imaginat, no em va prendre seriosament.

—No passa res, bonica —va dir, dolçament—. Has estat molt malaltona, és normal que et trobis una mica estranya.

Una altra infermera, molt més gran, em va preguntar, abaixant una mica la veu:

—Hi ha alguna possibilitat que estiguis embarassada? —I va afegir:— Els embarassos aguditzen alguns sentits, com l'olfacte.

—No. Cap ni una —vaig dir.

El descobriment següent va ser molt més útil. Podia sentir les converses que es duien a terme a totes les habitacions de la meva planta. Encara més: podia aïllar-ne només una, fins i tot la més allunyada, per gaudir-ne al màxim. Sentia els murmuris de les infermeres, els renecs a mitja veu dels malalts i els xiuxiueigs a l'orella de qualsevol que passés per allà. Sentia el vol de les mosques i la respiració dels escarabats sota el linòleum del terra. Sentia les sirenes de la policia a sis quilòmetres de distància. Les discussions dels conductors amb el guàrdia municipal a l'aparcament de l'hospital. El batec del cor dels portadors de les lliteres, que s'afanyaven a travessar el passadís sempre amb presses, i la circulació dels sucs gàstrics a l'interior dels seus intestins. Per sort, aquest concert de sorolls no va durar gaire, tan sols unes hores. Després, va semblar que s'atenuava. O potser només m'hi vaig acostumar. No diuen que quan arribem al món la primera sensació que percebem és un soroll exagerat, insuportable, i que tot i així ens hi habituem de seguida?

D'alguna manera, és com si jo hagués tornat a néixer.

3

JA SÉ QUÈ VA PASSAR des que vaig perdre el coneixement a la vora del Riu Negre fins que vaig despertar-me a l'hospital.

En rebre aquella trucada meva sense paraules, el meu germà per un cop a la vida va utilitzar la substància grisa i va deduir que m'havia passat alguna cosa. El seu amic li havia dit que jo havia sortit del bar en direcció al bosc, així que tots dos sabien on m'havien de buscar. Em van trobar prop de la riba del rierol, inconscient. Segons en Benjamí, va ser gairebé un miracle que no caigués al riu. Si ho hagués fet, m'hauria pogut morir ofegada.

Em van dur fins al bar i em van estirar al damunt de la taula de billar, com si fos una llitera. En veure que no reaccionava, després de vint minuts d'intents de reanimació inútils (no vull ni imaginar-me en mans d'aquells dos), el meu germà es va decidir a trucar als nostres pares. Després, va arribar l'ambulància.

De camí cap a l'hospital, els infermers de la unitat mòbil van haver de fer-me un massatge cardíac, amb desfibril·lador i tot, perquè les pulsacions m'havien desaparegut. Igual com a les sèries d'hospitals (espero que el metge, si més no, fos guapo) van aconseguir reanimar-me, però per poc temps: estava arribant a l'hospital en el moment en què vaig tenir una aturada cardíaca. Jo, és clar, no recordo res.

Després d'una bona estona d'angoixa i maniobres dels metges, van aconseguir «recuperar-me» altre cop (això vol dir que em van portar, més o menys, de retorn a la vida), però no van aconseguir que obrís els ulls. Havia sobreviscut, com a mínim tècnicament, però una part de mi continuava morta. En coma. Una cosa semblant a una pausa dels esdeveniments, un intermedi en la representació de la vida durant el qual, se suposa, tens permís per anar a fer un volt i visitar altres mons.

En arribar a aquest punt, els metges, molt seriosos, van sortir a parlar amb els meus pares. No els van donar gaires esperances.

—Ningú no sap, en realitat, quant de temps pot allargar-se un coma —va dir el doctor que m'havia atès— poden ser minuts, hores o anys.

La meva mare es va passar tot un dia resant a l'església de l'hospital. El meu pare es va quedar a la planta, cridant al metge que era un inútil per donar-se per vençut tan aviat. Les dues actituds serveixen a la perfecció perquè els aneu coneixent.

És a dir, que vaig passar dos dies i mig en algun lloc desconegut, més enllà d'aquest món. Si algú s'està preguntant què vaig trobar a l'altra banda, em sembla que tindrà un desengany: absolutament res. Foscor. Silenci. Cap record, cap llum, cap angelet esperant-me per conduir-me a les portes del cel, cap déu de veu vellutada donant-me la benvinguda al seu paradís. Tot i que tampoc cap dimoni infecte amb la barba incendiada.

Més enllà només hi havia el buit.

Decebuts? La veritat, jo una mica. Potser quan arribi la meva hora definitiva serà diferent.

4

VAIG PROMETRE QUE PARLARIA de l'Eliseu.

Ja vaig dir que és pastor. Bé, ho va ser de jove, perquè ara està retirat i, de tant en tant, fa alguna feineta per al meu pare. De fuster, de paleta, coses així. Es coneixen de fa una pila d'anys, quan gràcies a l'Eliseu el meu pare va comprar els terrenys i la casa de la vall per un preu de ganga. La seva amistat es basa en l'única cosa que tenen en comú: la seva passió pel bosc i per la cacera.

L'Eliseu coneix aquestes terres i totes les seves històries com si fossin el palmell de la mà i li encanta explicar-les mentre recorre la zona. Per això a mi sempre m'ha agradat acompanyar el meu pare i el seu amic en les seves passejades, perquè els contes del vell pastor parlen de malediccions, diables i monstres, i el que m'encanta és que ell s'ho pren tan seriosament com les històries de les invasions romanes o de la guerra civil, que també se senten molt sovint per aquí. El meu pare sempre diu que és meravellós que un home com ell, gairebé analfabet, recordi tantes coses i sàpiga explicar-les amb tanta passió.

A més de ser un expert caçador, l'Eliseu posseeix una intel·ligència natural, una mena d'instint per a la cacera. De jove se'l coneixia com el millor caçador de llops de la zona. És clar que eren altres temps. En aquells dies, els llops atemorien la gent de la vall i la seva caça no només no estava prohibida, sinó que era un art difícil i valorat. A l'Eliseu li deien «el Matallops», un sobrenom que va heretar del seu pare i del seu avi, i l'origen del qual ens ha explicat una vegada i una altra, molt orgullós.

L'Eliseu no surt mai de casa sense el seu company fidel, el Pinxo, el seu gos mastí. És un gossot pelut i cepat, tan vell i retirat com ell, però que encara conserva el seu aspecte imponent. Quan era petita, em vaig passar moltes hores jugant amb ell, enfilada al seu llom com si fos un elefant. No exagero si dic que el Pinxo va ser el meu millor amic de tota la Vall del Silenci.

Quan vaig arribar a casa, després del que em va passar, l'Eliseu em va saludar amb un somriure moix. De seguida vaig saber que estava content de veure'm, però no vaig poder interpretar aquella tristor que s'endevinava als seus ulls. Poca estona després, vaig sentir que el meu pare li deia, molt seriós, i amb aquell to tallant que sap adoptar quan s'ho proposa:

—No vull tornar a sentir aquestes bajanades d'encanteris i malediccions, Eliseu. Deixa-ho estar i vés-te'n a casa d'una vegada.

Així és la relació del meu pare amb el seu amic pastor: el meu pare mana i l'Eliseu obeeix. Per alguna cosa, el meu pare és banquer, l'home important i ric que va arribar de la gran ciutat. I l'Eliseu, un pobre pastor d'ovelles, vell i cansat, que té la sort de tenir un amic d'aquesta categoria. Hi ha coses que no canvien mai.

Amb mi, el meu pare es comporta com amb l'Eliseu. Encara no es creu la meva versió. Diu que ningú no té una aturada cardíaca per haver begut aigua d'un rierol. No para de preguntar-me si havia pres alguna cosa, qui m'ho va donar, on vaig estar i amb qui. Quan li vaig explicar la veritat va contestar:

—Ja veig que amb això *també* seràs tossuda.

També. Tant ell com jo sabem el que vol dir. Per això és una paraula que ens fa mal a tots dos.

5

DES DEL PRIMER MOMENT vaig notar que el meu pare continuava enfadat amb mi. A l'hospital gairebé no em dirigia la paraula, ni tan sols per dir-me bon dia. Continua pensant que he estat massa dura amb en Salva i que no em costaria res arreglar les coses.

Ahir fins i tot va enviar la meva mare perquè em convencés:

—Si no haguessis tallat amb en Salva, no hauria passat res de tot això —va dir.

Vaig reconèixer que tenia raó: si no hagués tallat amb en Salva, no hauria anat al Negra Nit, no hauria d'haver aguantat les maniobres del meu germà i el seu amic raret, i no hauria tingut cap necessitat de sortir a prendre una mica l'aire. Encara que, si ens posem així, les coses podrien veure's des d'un altre angle. Per exemple:

—Si en Salva no m'hagués trencat el cor, no l'hauria deixat i no hauria passat res de tot això —vaig respondre.

Ma mare es va asseure en un costat del llit i em va acaronar els cabells.

—Les relacions entre dues persones sempre són difícils, reina —va dir—. De vegades, convé saber perdonar perquè tot vagi millor que abans.

—Jo no vull perdonar en Salva, mama. Vull oblidar-lo —vaig contestar, més rotunda i segura que mai.

Ella va arronsar les espatlles, descontenta, però no va insistir gens. Sé que per més que el pare l'envïi amb els seus encàrrecs, ella em dóna la raó en silenci. De vegades, perdonar és impossible. Crec que ella també ho sap, encara que s'entesti a convence'm que no.

Abans de marxar, encara em va preguntar:

—No penses explicar als metges el que et vas prendre aquella nit, al bar del poble?

—No vaig prendre res, mama. Només l'aigua del rierol.

«L'aigua embruixada dels contes de l'Eliseu», hauria afegit, s'hi m'hi hagués vist amb cor.

Es veu que els metges de l'hospital han dit que analitzaran l'aigua del Riu Negre, és a dir, que espero que la ciència pugui convèncer els meus pares, perquè jo no en sóc capaç.

Ah. Per si algú encara dubta de mi, aclariré que NO vaig prendre res.

Ni drogues, ni alcohol, ni res. Ni aquesta vegada ni cap altra. He vist més d'un cop quins efectes provoquen aquestes porqueries en els altres i tinc molt clar quina és la meva posició: passo, gràcies. Qui vulgui matar-se, que ho faci sense mi.

I, per si de cas, aclariré algunes coses més:

1. No fumo perquè em fa fàstic.

2. Altres coses que em fan fàstic: els espinacs, els bolets, la pasta de dents amb gust de maduixa, el quètxup, les clofolles de pipes escampades per terra, la gent borratxa i les burilles de cigarret molles.

3. No suporto el gust de l'alcohol (i això inclou la cervesa i, evidentment, el vi).

4. Altres coses que no suporto: els setciències, els programes d'animals, el rap, que la meva mare endreci els armaris, els refrescos amb gas, haver d'ajudar a endreçar calaixos del meu germà (que no se'n surt tot sol), fer el llit i els *phrasal verbs* de les classes d'anglès.

5. Em fa pànic tastar coses que no conec (això inclou el menjar i els parcs d'atraccions).

6. Altres coses que em fan pànic: les pel·lícules de zombis, els túnels abandonats, les veus d'ultratomba i la soledat.

7. No tinc amics per sortir. Per això no surto.

Aquesta entrada d'avui comença a ser una llauna. Millor que ho deixi estar i torni a començar demà amb més ganes.

Ah, me n'oblidava!: M'han sortit dos queixals del seny. No: quatre (m'acabo de mirar al mirall). Són grossos i punxeguts. Raríssims.

Faig un brindis pel meu gran dentista, que en la darrera revisió va dir que sota les meves genives no hi havia queixals del seny i que, per tant, no em sortirien mai.

I, de passada, faig un brindis per tots els que s'equivoquen algun cop, i això també ho dic per a mi. Enhorabona!

6

DE TOTES LES HISTÒRIES DE L'ELISEU, les que sempre m'han agradat més han sigut les llegendes de licantrops. De petita, m'aterrien. Després, van començar a fascinar-me. Sobretot quan em vaig adonar que l'Eliseu se les prenia seriosament.

—Hi ha diverses raons per convertir-se en un *lobishome* o un llop humà —ens va explicar una vegada abaixant la veu—: s'han donat casos de persones que de tant viure amb llops han acabat transformats en un d'ells, tot i que no són gaire habituals, per aquí. Després hi ha els qui, sense saber-ho, es comporten com animals. Els que beuen al mateix lloc on s'abeuren els llops, per exemple. O els que dormen en algun dels seus caus, encara que sigui en un descuit. És com si la natura ens advertís: si vols continuar essent el que ets, no badis. El Riu Negre, per exemple, és un riu de llops. No s'hi ha de beure mai, la seva aigua està maleïda per als éssers humans. Encara que la causa més comuna, com a mínim en aquestes terres, és la maledicció. Aquells que són maleïts pel seu pare o la seva mare estan condemnats per sempre més a transmutar la pell amb cada pleniluni i, des d'aquell moment, a udolar amb tristesa a la lluna plena. He conegut molts casos que han caigut en desgràcia maleïts per aquells que els van veure néixer.

L'Eliseu deia que un cop va veure una transformació amb els seus propis ulls. Tot i que mai ens la va voler explicar.

—L'horror no es pot descriure —deia.

Encara que, segons ell, hi ha una cosa pitjor que transformar-se:

—El pitjor que pot ocórrer-li a un *lobishome* és perdre el camí fins a la roba que es va treure abans de convertir-s'hi. La transformació dura tant com la lluna plena. És a dir, unes dotze hores, segons el cicle lunar. Però si l'animal no troba la seva roba humana, exactament la mateixa que es va treure abans de la conversió, no podrà recuperar el seu aspecte i es quedarà llop per a tota vida.

Sempre m'ha fet estremir aquesta idea, no sé per què. I encara més les explicacions posteriors del nostre amic pastor:

—No hi ha res pitjor que això —diu l'Eliseu—, perquè el llop humà que no aconsegueix recuperar el seu aspecte, de mica en mica comença a oblidar la seva vida de persona. Perd els seus records, les seves emocions, la seva educació. Oblida les paraules i deixa de somniar. Al final, oblida els rostres de les persones que foren importants a la seva vida. Fins que el procés és irreversible: ni tan sols trobant el camí de tornada, ni tan sols refregant-se contra la seva roba de persona no podria ser humà una altra vegada. Mai més. Com a màxim tindrà l'instint de retornar als llocs on temps enrere va ser feliç amb les persones estimades, i les observarà de lluny, mentre els humans es moren de por només d'intuir la seva presència.

7

AHIR VAIG SORTIR DE CASA per primer cop des que vaig abandonar l'hospital (en cadira de rodes, per si algú pensa com ho vaig poder fer). No és que no pugui caminar, és que encara em canso molt en recórrer distàncies llargues. Em portava ma mare, tan pendent de mi tota l'estona que al final em va posar nerviosa.

Vam anar a berenar a la xocolateria de l'Anselm. Tothom semblava molt content de veure'm. Pel carrer vam saludar dues o tres veïnes i ens vam aturar a xerrar una estona amb el massatgista del pare. També vam ensopegar amb la Margarida. Mai no m'havia adonat que fa olor de ratolí de bosc (i prometo que aquest comentari no té res a veure amb el que ha passat. O potser sí). Crec que s'hauria de rentar més sovint.

La mare no sap que la Margarida ja no és la meva millor amiga. Per això ahir pretenia tant sí com no convidar-la a berenar. Ho va intentar com a mínim quatre cops. La meva exmillor amiga em va mirar d'una manera covarda i li va donar la primera excusa que li va passar pel cap, però no hi va haver problemes perquè la mare s'ho va creure.

També va dir una cosa molt hipòcrita i molt falsa:

—Espero que et milloris aviat, et trobem a faltar moltíssim.

Em van venir ganes de vomitar, en sentir-la. Per descomptat, la meva mare no es va adonar de res. Si la Margarida i jo fóssim actrius, aquesta actuació ens hauria fet candidates als premis Gaudí.

No cal dir que no li vaig somriure ni un sol cop. Em vaig comportar, la major part del temps, com si no fos allà. Crec que vaig aconseguir posar-la força nerviosa. Premi.

—Cal que siguis tan desagradable? —va ser l'únic comentari de ma mare.

No vaig dir res. Ella va prosseguir:

—Ja sé que no et trobes bé, filla meva, però no cal que ho facis pagar a la gent que t'estima.

Típic de la mama (de totes les mares?): primer et renya i després et disculpa.

Evidentment, no vaig dir el que estava pensant respecte a la Margarida i la «gent que m'estima». Millor així.

Em vaig quedar rumiant una cosa: A qui es referia la Margarida quan va dir «et trobem a faltar moltíssim»? A tot el primer de batxillerat? Només a primer A, que és el grup que —per desgràcia— compartim? O es referia a ella i en Salva?

«Et trobem a faltar moltíssim». Au, va. Em van venir ganes de respondre: «Doncs això és només el principi, reina. Em trobareu a faltar molt més, perquè no penso tornar a mirar-vos a la cara».

Per sort, ma mare ja m'arrossegava lluny d'ella i de les seves frases odiosament falses.

El gust de la xocolata i la simpatia de l'Anselm, que és un tros de pa i em coneix des que era petita, van fer que oblidés una mica aquesta topada horrible. Però encara faltava el pitjor. La meva mare tenia reservada una altra petita sorpresa:

Tot just havíem començat a berenar quan em va donar la notícia:

—Demà marxem a la finca —va dir, queixalant la banya d'un croissant sucat amb xocolata.

Ells sempre parlen així de la nostra casa enmig del bosc. «La finca», com si fos un ranxo mexicà. Vaig provar de queixar-me, però no em va servir de res.

—El teu pare i jo hem pensat que ens anirà molt bé a tots —va sentenciar, amb aquell posat de tenir sempre la raó—. A tu et farà bé l'aire pur i la tranquil·litat, i el pare necessita distreure's. La cacera l'ajudarà a no pensar en els problemes que estem patint. I mentre tot això duri, serà millor per a ell. A tu i a mi ens és igual estar en un lloc o en un altre, oi?

Típic de la mama. Sempre cedeix als designis del meu pare, sense ni tan sols dir què li agradaria fer a ella.

Els problemes «que està patint» el meu pare són laborals. No és tant que necessiti «distreure's», com diu ma mare. Necessita sortir de la ciutat perquè els periodistes el deixin en pau i, de passada, pagar els seus errors amb els senglars, els cabirols o els llops —si és que en queda cap— de la Vall del Silenci.

—I què passa amb els meus germans? —vaig preguntar, morta d'enveja.

Els meus germans, en aquest cas, són dos: en Benjamí i en Daniel, els anteriors a mi segons l'ordre de naixement. A en Benjamí, ja el coneixeu. Té divuit anys i està repetint segon de batxillerat. I en Daniel és el típic repellent que ho aprova tot i, com tothom de la família, està estudiant Dret. Tinc tres germans més, però són tan grans que ja viuen amb les seves xicotes.

—Ah, ells es poden espavilar tots sols —diu la mare, traient-li importància—. Deixaré el congelador ple de menjar i l'Antònia hi anirà cada dia per si necessiten un cop de mà.

Primer aclariment: els meus tres germans grans treballen a les empreses de mon pare. Tots els germans, d'una manera o una altra, estem destinats a treballar a les empreses de la família. Passant prèviament per la facultat de Dret, Econòmiques o Empresarials.

Segon aclariment: l'Antònia és una colombiana de trenta-cinc anys que en fa més de cinc que s'encarrega de totes les feines de casa nostra. Ma mare no és bona com a mestressa de casa (encara que és una cuinera excel·lent).

És a dir, resumint: els meus dos germans s'ho passaran de conya fent festes al pis, mentre jo em moro de fàstic al camp. Fantàstic.

—Allà m'avorreixo molt, mama. Deixa que em quedi a la ciutat —vaig suplicar.

No m'ha servit de res, és clar.

—Quedar-te? De cap manera! —va concloure ella—. Que no vas sentir el que van dir els metges? Has de fer repòs, prendre't els medicaments, menjar bé... És important que et recuperis tan aviat com puguis.

La part bona és que m'he desempallegat de l'institut. Perdré el curs, però m'és igual. Ja el recuperaré més endavant.

Així que aquest és el programa per a les properes setmanes: el meu pare es passarà els dies caçant amb l'Eliseu, allunyat dels diaris i les notícies (que parlen d'ell a tothora, per cert), mentre jo em panseixo d'avorriment, com una mòmia egípcia, fins a la desintegració total.

Crec que li he fet llàstima, a ma mare, perquè de cop i volta ha deixat anar:

—Podem endur-nos l'ordinador, si vols.

M'he aferrat a això com un nàufrag a un tros de fusta que sura. Ja sé que és depriment, però almenys em quedarà aquest bloc.

Millor això que res.

8

TRETZE RAONS PER ESTAR DEPRIMIDA a la Vall del Silenci (versió resumida):

1. M'he de passar la meitat del dia al llit.
2. No hi ha ningú amb qui pugui tenir una conversa divertida (l'únic seria l'Eliseu, però el meu pare l'acapara tota l'estona).
3. El saldo del mòbil no em serveix de res perquè no tinc ganes de trucar a ningú.
4. M'he de prendre sis pastilles cada dia.
5. El centre comercial més proper està a uns cent quilòmetres.
6. Tota l'estona penso que els meus germans estan sols a casa sense que ningú els controli i em moro d'enveja.
7. Internet només funciona a la matinada.
8. M'he engreixat dos quilos (i si no em deixen caminar, quan em recuperi semblaré una vaca).
9. El meu pare em tracta com si fos sospitosa d'alguna cosa horrible.
10. Ma mare sempre dóna la raó al meu pare.
11. Avui ha plogut tot el sant dia.
12. Diu l'home del temps que demà encara plourà més.
13. Ahir em va venir a veure en Salva.

9

Últimament la meva vida sentimental s'ha tornat una muntanya russa. Crec que ha arribat el moment de parlar del tema.

Vaig començar a sortir amb en Salva l'última setmana d'agost, durant aquells dies tan depriments en què t'adones que l'estiu s'està acabant i que davant dels teus nassos tens un camí llarguíssim ple d'exàmens i hores d'estudi que duraran nou mesos inacabables.

Potser hauria de dir que jo feia sis mesos que estava enamorada d'en Salva. Des d'aquell cop que vam estar parlant després d'un dels seus entrenaments i em va semblar que era el noi més encantador de l'univers. En aquella època, érem amics inseparables: en Salva, en Manu, la Margarida i jo. Ja sabeu: cine gairebé tots els caps de setmana, pizzeria algun dissabte a la nit, maratons de pel·lícules de terror a casa d'en Salva, aprofitant que els seus pares sempre desapareixien els caps de setmana.

No sé si sonarà ridícul, o exagerat, o massa de pel·lícula, però tant se me'n dóna: crec que allò va ser el principi de la temporada més feliç de la meva vida.

Després, va passar el que havia de passar (suposo). La Margarida es va embolicar amb en Manu i en Salva es va fixar en mi. De vegades, les coses més importants de la vida passen perquè sí, de cop, com si el guionista que governa els nostres destins s'hagués quedat de sobte sense idees i hagués de recórrer a alternatives sense cap ni peus. Així, més o menys, van ocórrer les coses. De cop, a la porta dels lavabos d'una cafeteria del centre, en Salva em va dir que s'havia penjat com un imbècil de mi. Ho va dir amb aquestes paraules, així mateix:

—M'he penjat com un imbècil de tu.

I jo em vaig posar molt nerviosa, i em va venir un atac de riure tan gran que es va pensar que me'n fotia d'ell. Va haver de passar una bona estona fins que vaig poder ser capaç d'explicar-l'hi, i vaig ser absolutament sincera:

—Em pensava que no m'ho diries mai —li vaig etzibar, mentre ell em mirava amb ulls de mussol.

Deixar de ser quatre amics per convertir-nos en dues parelles no va suposar un canvi tan gran. Ara, al cine, cadascú tenia el seu lloc (al costat del seu xicot o xicota) i quan ells quedaven per jugar a pàdel, la Margarida i jo els esperàvem al bar, parlant d'ells i dels nostres progressos de noies grans. Era divertit.

En aquelles converses, la Margarida sempre em sorprenia. Amb ella es complia a la perfecció aquell vell refrany que diu que no ens hem de deixar enganyar per les aparences. Per fora, la meva amiga podia semblar tímida, més aviat poca cosa. Però si l'hem de jutjar pel que m'explicava, us asseguro que no ho era gens ni mica. Al contrari: podíem dir que en qüestions sexuals em duia un avantatge increïble. Era com si ella hagués aprovat la selectivitat (amb nota) mentre jo encara estava començant primer de secundària.

Bé, potser exagero una mica. Ella sempre em deia:

—T'has d'espavilar o en Salva s'avorrirà d'esperar-se.

I jo sempre li donava la mateixa resposta:

—Doncs, si s'avorreix d'esperar-se, és que no m'estima tant com diu.

Ella deixava anar un esbufec per expressar que no estava gens d'acord amb mi. Per a ella, el sexe era una espècie de cursa en què el més important era arribar el primer. Jo ho veia d'una altra manera, és clar. La meva opinió és que hi ha coses que no poden precipitar-se i que han d'arribar quan estàs preparat per afrontar-les. I jo no em sentia preparada per a certes coses, per més que ella em renyés o volgués fer-me classes intensives. El meu comportament, no sé per què, era com si la tragués de polleguera.

—Però que no estàs enamorada d'en Salva? No ho entenc! T'ho juro que no ho entenc!

Jo tampoc no l'entenia a ella, la veritat. Però no passava res. Senzillament érem diferents. Jo creia que podíem continuar sent bones amigues com sempre, encara que no veiéssim les coses de la mateixa manera. Que ingènua que vaig ser.

En realitat, la Margarida preparava la seva traïció.

No sé si existeix una paraula especial per descriure qui s'aprofita de la teva confiança per al seu propi benefici. «Traïdora», no em sembla suficient. Necessitaria alguna cosa més forta. És estrany que les paraules no serveixin, de vegades.

El dia onze d'octubre havíem quedat per anar al cine. Cap a les set del vespre, la Margarida em va trucar per dirme que els seus pares l'obligaven a anar amb ells a visitar un familiar. Li vaig dir que no passava res, que la trobaríem a faltar i que no s'avorrís gaire durant la visita. Se li va escapar una rialleta nerviosa que només vaig saber interpretar més tard, molt més tard.

A dos quarts de deu vaig parlar amb en Salva. Parlava baixet perquè tenia mal de coll, em va dir. També tenia febre. Havia decidit quedar-se al llit i no podia anar al cine. Li vaig preguntar si volia que anés a fer-li companyia (els seus pares havien sortit a sopar), però va respondre que no em preocupés, que tenia moltes ganes de dormir i que se n'anava al llit.

—Demà et trucaré —va afegir—, quan em trobi més bé.

En Manu i jo vam estar parlant una mica més tard. Primer vam pensar que era millor que ens quedéssim a casa, però ja havíem comprat les entrades, i a més la pel·lícula era d'estrena absoluta, així que al final vam decidir anar-hi igualment.

—Segur que a en Salva i a la Margarida no els farà res que hi anem —va dir.

La pel·li va ser avorridíssima i el cine estava ple a vessar, però ens ho vam passar bé. Vam riure de tan dolents com eren els actors i del final tan previsible. Vam compartir un menú gegant de crispetes amb refresc. Va ser una nit agradable, al final, i vam estar contents d'haver-nos decidit a anar-hi.

Quan vam sortir del cine, a en Manu se li va ocórrer la pitjor idea de la seva vida:

—Passem per casa del malaltó per veure si necessita alguna cosa?

No érem gaire lluny de casa d'en Salva. Només ens havíem de desviar una mica de la nostra ruta agafant un altre autobús. Em va semblar bona idea.

A tres quarts d'una de la matinada, estàvem trucant al timbre de cal meu xicot. No ens va obrir ningú. Vam insistir. Dos cops.

—I si li ha passat alguna cosa? —va preguntar en Manu, que sempre pensa coses dolentes.

—Deu estar dormint —vaig contestar jo—. Es trobava molt malament. Val més que marxem.

Tant de bo ho haguéssim fet. Però en Manu va continuar trucant i trucant. Al final, vam sentir que algú aixecava la tapa de l'espiera i ens mirava. Uns segons més i va arribar el so del passador que s'obria. Un Salva en calçotets i samarreta, sense cara de son ni cap rastre d'estar refredat, va sortir a rebre'ns.

—Què hi feu, vosaltres, aquí? —Com si la nostra visita el molestés molt.

—Xaval, estàvem preocupats —va deixar anar en Manu—, t'has tornat sord o què?

—Era al llit —va dir el meu xicot, amb una sinceritat total. Em va mirar, es devia adonar que jo el mirava amb cara de sorpresa i de seguida es va tocar el front amb la mà, va posar cara d'estar molt malalt i va tossir dos cops abans de dir:— No em trobo gens bé.

Llavors en Manu va tenir una visió. No em refereixo a l'aparició d'un esperit, però gairebé. Va veure el casc de la Margarida al damunt de la cadira del rebedor.

El casc de la Margarida és rosa, porta un gran cor vermell al cantó dret i una Hello Kitty a l'esquerre. A sobre la visera, a la part superior, hi ha una inscripció que diu: *Girl Power*. Us el descric només perquè veieu que el casc de la Margarida és únic al món. Qui l'ha vist una vegada, és capaç de reconeixe'l a qualsevol banda.

—La Margarida és aquí? —va preguntar el meu amic, en un to de veu que no sé dir si era d'alegria o de sorpresa.

—N... —En Salva es va adonar que en Manu havia vist el casc i no va poder negar l'evidència.— Sí... ha vingut a visitar-me.

—Guai! —va exclamar en Manu, empenyent la porta—, podríeu haver avisat que éreu aquí i hauríem vingut abans!

Mentre en Manu enfilava el passadís, camí d'endur-se una sorpresa descomunal, en Salva em va mirar als ulls. Un calfred em va recórrer l'espinada de dalt a baix, no sé per què. No va fer falta que digués res. Aquella mirada ho contenia tot: l'engany més gran i la major traïció de què em podien haver fet objecte. I no només parlo de la persona de qui estava enamorada. També de qui jo creia que era la meva millor amiga.

No vaig ser capaç de dir res. D'alguna manera, els nostres ulls havien estat ja bastant explícits.

És estrany, les paraules de vegades no fan falta.

10

NO EN VOLIA PARLAR, però en Salva em va venir a veure. Bé, en realitat va ser el seu pare qui tenia negocis amb el meu, i ell va decidir apuntar-s'hi, impressionat per les notícies que li va donar la floreta traïdora de la Margarida.

La mare va preparar llimonada i ens la va servir a la cuina. Després se n'anà a la sala d'estar amb l'excusa que tenia alguna cosa per fer. Ens va deixar sols a posta, «perquè pugueu parlar», va dir, i va marxar somrient, convençuda que ara tot se solucionaria com per art de màgia.

En Salva tenia la mirada fixa en el got de llimonada, on surava un iceberg en miniatura. Em va preguntar si em trobava bé. Li vaig dir que sí, gràcies. Em va preguntar si tornaria a l'insti. Li vaig dir que el curs que ve. Em va dir quina sort, tia, quina passada perdre un curs. Li vaig clavar una mirada furiosa, i ell la va contestar amb un sermó sobre la quantitat de coses inútils que havia d'estudiar i el poc temps que li quedava per dedicar-se a les seves aficions, que són el futbol, els videojocs i dormir, segons les seves paraules. Es va quedar callat un altre cop, mirant l'iceberg a punt de desaparèixer en el líquid lleugerament groguenc. Després d'un silenci que em va semblar molt llarg i incòmode, va confessar:

—Jo no volia venir, però el meu pare m'hi ha obligat.

—Jo tampoc no et volia veure —vaig contestar.

Vaig respirar alleujada. Hauria estat horrible que vingués a disculpar-se o que estigués penedit pel que va passar, perquè jo no estic (ni ho estaré mai) disposada a perdonar-lo. Així que fi de la comèdia.

El vaig deixar a la cuina, amb la refrescant companyia del mig litre de llimonada que encara quedava a la gerra, i em vaig tancar a la meva habitació.

La millor notícia és que no va passar res. No vaig plorar, no em vaig posar histèrica, no vaig sentir tristesa, ni nostàlgia, ni ràbia. No em va afectar. El contrari de l'amor no és l'odi, sinó la indiferència. La visita d'en Salva va servir, com a mínim, per ser-ne conscient.

11

HE RELLEGIT ELS MEUS ESCRITS de fa un parell de dies i m'he adonat que vaig interrompre d'una manera massa sobtada el meu relat dels fets ocorreguts entre en Salva i jo la nit de la traïció. Bé, i també entre el bonàs d'en Manu i la seva xicota, la flor verinosa. Tot i que qualsevol es pot imaginar com va acabar la història, suposo.

Aquella tarda d'octubre, la Margarida no havia anat enlloc amb els seus pares, tal com ens havia dit. S'havia posat un tanga de color fúcsia, en el triangle minúscul del qual es podia llegir: *I'm the best*. Crec que tot va ser idea seva i que en Salva es va limitar a fingir que estava refredat i a esperar-la vestit amb els seus millors bòxers i la seva millor samarreta (de marca, és clar).

La resta, no vull imaginar-me-la. La Margarida, la gran experta, devia fer-li una demostració de tots els seus coneixements. I m'imagino que en Salva, que era molt menys especial del que jo m'havia suposat, va acceptar les lliçons amb gran alegria. Segur que va ser un alumne molt aplicat.

El resultat va ser repugnant. En Manu —que a l'escena anterior començava a recórrer el passadís en direcció al dormitori— va topar amb la Margarida, gairebé despullada (només duia el tanga) a l'habitació d'en Salva. Es va quedar tan sorprès que ni tan sols li va retreure res.

Jo vaig preferir estalviar-me l'espectacle i em vaig quedar al rebedor, mirant en Salva als ulls, plenament conscient que en aquell instant estava perdent l'únic noi de qui m'havia enamorat i la meva millor amiga, d'un sol cop.

No està malament, només en una nit.

El que m'enorgulleix és no haver vessat ni una sola llàgrima davant seu. Vaig plorar, sí, i molt, en tornar a casa. De fet, vaig estar plorant l'endemà, que era el de la festa de la Hispanitat. Els meus pares miraven la desfilada militar a la tele, amb les autoritats encarcarades a la tribuna i els centenars de soldats marcant el pas, i jo no podia parar de bramar i bramar, com si fos una pacifista desesperada davant d'un espectacle com aquell.

Però la cosa encara va empitjorar un dia més tard, a l'institut, quan vaig haver d'aguantar trobar-me la traïdora davant meu, guardant les coses al seu armariet, que queda just al costat del meu. Va provar de parlar-me quatre vegades, com a mínim, però li vaig donar l'esquena tota l'estona i la vaig deixar amb la paraula a la boca. No tenia absolutament res a dir-li, ni tampoc m'interessaven gens les seves explicacions.

Amb en Salva encara va ser pitjor. Vaig esperar alguna trucada o algun correu electrònic en què provés de disculpar-se. Però no va arribar. Ni el dia següent, ni l'altre, ni més enllà. Vaig haver de reprimir les ganes de trucar-li o escriure-li, només per dir-li que havia estat un traïdor i un covard. Vaig aconseguir no fer-ho. De vegades, la indiferència és molt millor. Fingir que les coses no t'importen gens ni mica, encara que t'estiguin matant per dins. Ho vaig aconseguir, tot i que, de fet, em va costar molt.

Al final, setze dies més tard, vaig rebre un correu electrònic d'en Salva que deia:

> Em sap molt de greu haver-te fet mal. M'agradaria que poguéssim tornar a ser amics. Un petó. Salva.

Un cop, vaig llegir que oferir amistat a qui t'estima és com oferir sorra a qui té set.

Per descomptat, vaig pensar a contestar el missatge d'en Salva. Dir-li, per exemple:

> Benvolgut idiota:
>
> Mai no podré ser la teva amiga perquè estava boja per tu.
>
> De fet, mai més no podrem tornar a ser res de res.
>
> Ni tan sols vull que em dirigeixis la paraula.

Ja tenia escrit el correu, però després m'ho vaig pensar més bé i el vaig esborrar.

Estic molt orgullosa d'haver-ho fet.

Ah, per si a algú li interessa: la Margarida i en Salva no van durar ni quinze dies. Em sembla que des de llavors ella ha sortit, com a mínim, amb tres nois més. Que jo sàpiga, ell continua sol.

Encara que tant se me'n dóna.

De veritat.

PRIMERA CONVERSA

Weird: Toc toc.

Fosca: Hola?

Weird: Gràcies per acceptar-me.

Fosca: On has trobat la meva adreça de correu?

Weird: Al teu perfil.

Fosca: Ah. Sí?

Weird: No l'hi vas posar tu?

Fosca: No ho recordava, perdona.

Weird: Només volia dir-te que llegeixo el teu bloc cada nit i que crec que escrius molt bé.

Fosca: Gràcies.

Weird: Primer vaig pensar que era una novel·la o alguna cosa així.

Fosca: De veritat?

Weird: Sí.

Fosca: Caram.

Weird: Escrius molt bé, de debò. Tens un ganxo especial. No has pensat mai a ser escriptora?

Fosca: Sí... algun cop... Però no crec que pugui.

Weird: Per què no?

Fosca: No ho sé. Per ser escriptor s'ha de tenir molt de talent.

Weird: Jo crec que tu en tens.

Fosca: De debò?

Weird: N'estic convençut.

Fosca: La veritat és que escric des de ben petita.

Weird: Ho veus? Ja ets escriptora!

Fosca: No, no. Només aficionada.

Weird: Hauries de prendre't més seriosament.

Fosca: El què?

Weird: A tu mateixa.

Fosca: Ah...

Weird: Penses estudiar Literatura?

Fosca: M'encantaria. Però no puc.

Weird: Per què no?

Fosca: Estic fent batxillerat social. Estudiaré Dret.

Weird: Dret? No sona gaire divertit.

Fosca: La veritat és que no.

Weird: T'agrada el Dret?

Fosca: No ho sé. No ho crec.

Weird: Aleshores, per què ho estudiaràs?

Fosca: És que el meu pare ho vol.

Weird: El teu pare? El teu pare és advocat?

Fosca: Empresari.

Weird: Perdona, però no entenc res.

Fosca: Necessita advocats per a les seves empreses. Els meus germans grans treballen amb ell. La resta, acabarem igual. No hi ha elecció.

Weird: Però no t'agrada! I tu ets escriptora...

Fosca: Bé, encara no sé què sóc.

Weird: Què hi fa una escriptora treballant d'advocada en una empresa?

Fosca: Igualment el meu pare diu que escriure és morir-se de gana.

Weird: Per què no li dius al teu pare que s'equivoca?

Fosca: I si no s'equivoca?

Weird: No ho pots saber si no ho proves.

Fosca: No és fàcil contradir el meu pare.

Weird: Ho hauries d'intentar.

Fosca: Escriure és un somni. Els somnis no es fan realitat.

Weird: No, si no lluites per aconseguir-los.

Fosca: Sembla fàcil.

Weird: No. Però possible, segur.

Fosca: De veritat t'agrada el que escric?

Weird: Crec que ets bona.

Fosca: No creus que exageres una mica?

Weird: No.

Fosca: Gràcies, de totes maneres. Prometo que pensaré en el que m'has dit.

Weird: Bé. Em diràs quina és la teva decisió?

Fosca: I tant.

Weird: Escolta... volia dir-te que em sembles molt valenta.

Fosca: Ah. Gràcies.

Weird: I que em sembla que vas prendre la decisió correcta.

Fosca: De què em parles?

Weird: Del teu ex. D'en Salva.

Fosca: Ah.

Weird: Crec que ell es va comportar com un porc.

Fosca: Escolta, sempre et fiques en la vida de la gent que no coneixes de res?

Weird: No, no ho havia fet mai.

Fosca: Encara sort.

Weird: Et molesta que et digui aquestes coses?

Fosca: És una mica estrany.

Weird: Tinc la impressió que et conec des de fa molt de temps. Perdona...

Fosca: Pel bloc...

Weird: És clar, sóc lector teu, no ho oblidis. Conec tots els teus secrets.

Fosca: Començo a penedir-me d'haver-lo escrit.

Weird: Per què?

Fosca: Em fa vergonya.

Weird: Per què?

Fosca: Potser hauria de mesurar una mica les meves paraules.

Weird: No ho facis! El teu bloc és la meva única companyia.

Fosca: Què?

Weird: A les nits. Sense el teu bloc em sentiria molt sol.

Fosca: Treballes de nit?

Weird: No. Visc de nit.

Fosca: Puc preguntar-te quina edat tens?

Weird: Gairebé la mateixa que tu.

Fosca: Sembles més gran.

Weird: Tu també.

Fosca: M'han passat moltes coses, això ajuda a créixer (crec).

Weird: Llavors, jo dec haver crescut justament per la raó contrària.

Fosca: Explica't.

Weird: La meva vida és avorridíssima.

Fosca: Per què?

Weird: Seria llarg explicar-ho. Potser algun dia.

Fosca: T'agrada fer-te el misteriós?

Weird: I tant. Com a tothom. A tu no?

Fosca: Creus que sóc misteriosa?

Weird: Ets moltes coses. Misteriosa, també.

Fosca: Quines altres coses sóc?

Weird: Interessant.

Fosca: Però si no em coneixes!

Weird: Tant és. No cal veure una persona per saber que és interessant.

Fosca: Ets estrany. M'agrades.

Weird: Gràcies. Tu també a mi.

Fosca: I ets molt directe. Un seductor?

Weird: Mmmm... No m'importaria. Però no estic a l'altura, ben bé. Decebuda?

Fosca: Estic cansada de seductors.

Weird: Millor per a mi.

Fosca: I, si vols que et digui la veritat, també dels nois, en general.

Weird: Aquest punt no el puc solucionar. Sóc un noi i no ho puc canviar.

Fosca: Aclariment: no penso quedar amb tu.

Weird: Aclariment: has notat que no t'ho he demanat?

Fosca: M'ha quedat claríssim. Quina vergonya.

Weird: Tu t'ho has buscat.

Fosca: Et deus pensar que sóc una creguda, oi?

Weird: Penso que tens por.

Fosca: Ah. I com ho saps?

Weird: Perquè és un sentiment que conec bé.

Fosca: De què tens por?

Weird: De moltes coses.

Fosca: Per exemple?

Weird: Per exemple... de la soledat. Per exemple... de tu.

Fosca: Tens por de mi?

Weird: Tinc por de les conseqüències que puguis portar.

Fosca: Ui, Weird, no et posis filosòfic.

Weird: D'acord. Això m'ha sortit una mica grandiloqüent.

Fosca: Escolta, ara me n'he d'anar.

Weird: Llavors: ciao!

Fosca: Parlem un altre dia.

Weird: Quan vulguis.

Fosca: M'ha agradat coneixe't.

Weird: I a mi m'ha agradat re-coneixe't.

Fosca: Bona nit, Weird.

Weird: Ídem, Fosca.

Fosca: Ah. Escolta.

Weird: Sí.

Fosca: Demà llegeix el meu bloc.

Weird: És clar. Ho faig cada dia.

Fosca: Aleshores, fins demà.

Weird: Ídem, noia interessant.

12

Ahir va passar alguna cosa. Una cosa important, em penso.

Vaig tenir una conversa silenciosa, anònima, però plena de paraules boniques, amb algú que es fa dir «Estrany». Weird, en anglès.

En els últims mesos he hagut d'aprendre a prescindir de tothom. Del meu nòvio, de la meva millor amiga i fins i tot de la meva família... Sembla que no encaixo en el mateix món on ells es mouen com peix a l'aigua. Em sento com si pertanyéssim a universos diferents. Ha estat molt dolorós d'entendre.

Em penso que, en part, és per això que vaig començar aquest bloc: perquè no hi havia ningú disposat a escoltar de debò els meus problemes. Per això i perquè escriure sempre ha estat el meu refugi, el meu veritable món, el territori on em sento lliure de debò, sense que ningú em digui què he de fer o què espera de mi. Escriure ha estat una manera de parlar amb el meu silenci, de dir-me a mi mateixa coses que ningú no estava disposat a saber. És com si el meu silenci, ara, em contestés, com si les paraules m'haguessin fet un regal, després de tant temps. Un regal meravellós: Weird.

Ja havia perdut el costum de tenir algú. Per això ahir

em sentia tan estranya, avergonyida, i t'ho vaig dir. Després m'ho vaig rumiar una mica. Vaig adormir-me contenta. Per primer cop en moltes setmanes des que tot això va començar, estava alegre. M'agrada molt saber que ets aquí, en algun lloc, enmig de la foscor, esperant les meves paraules.

Des d'aquest moment, escriuré per a tu i ja no em sentiré sola.

13

AVUI MON PARE HA SORTIT a caçar amb l'Eliseu abans que es fes de dia. La mama ha instal·lat una gandula per a mi al porxo i hem esmorzat juntes, sentint la fresca del matí i totes les aromes del bosc.

—La muntanya fa tan bona olor! —ha dit ella—. La tempesta ha netejat l'atmosfera.

Ha plogut tota la nit, diu, encara que jo no he sentit absolutament res.

Al principi les olors de la muntanya m'han marejat una mica. Em semblaven molt més abundants i molt més intenses que altres vegades. La fusta humida dels roures, o dels castanyers, les muntanyetes de fullaraca podrint-se, la frescor del rierol, els animals atrevint-se a sortir després del xàfec, aquella poma que va rodolar entremig dels arbustos fa uns dies i que ara s'ha convertit en l'aliment dels ratolins... és com si el món ja no tingués secrets per a mi. Puc endevinar tot el que passa al meu voltant sense necessitat de veure-ho. Em fa molta por pensar que alguna cosa dins meu es transforma i que no puc fer res per evitar-ho. I encara més, pensar cap on em porta, tot això. Tot i que, en el fons, ja ho sé. Encara que em negui a acceptar-ho, ho sé prou bé.

La mare ha fet creps per esmorzar. També hi havia suc

de taronja, llet calenta, formatge i xocolata. Com als diumenges de la meva infantesa. Ha sigut fantàstic.

La mare estava molt bonica amb els cabells recollits amb una cua. I tenia ganes de parlar. M'ha explicat com es va enamorar del papa quan només tenia un any més que jo ara. El que més em va agradar d'ell, diu, va ser la seva seguretat, aquella espècie d'autoritat que desprenen totes les seves paraules.

Tot just s'havien vist un parell de cops quan el pare li va trucat per convidar-la al cine.

—Sóc la millor opció en molts quilòmetres —li va assegurar—, no t'ho pensis ni un segon. Digue'm que sí.

La frase m'ha fet petar de riure. Déu n'hi do quina manera més estranya de lligar, el meu pare! La mama també reia, reconeixent que el seu mètode va ser una mica «peculiar», però molt efectiu, perquè ella va acceptar la invitació. I també va acceptar anar a berenar amb ell després del cine. Fins i tot recorda la pel·lícula que van veure: una de Bruce Lee que es deia *La fúria del Drac*, que a ella no li va agradar gens, però que mon pare va trobar boníssima. Veig que la seva disparitat de criteris ve de lluny.

La veritat, feia temps que no la veia tan relaxada.

Mentre estàvem així, tranquil·les i rialleres, jo tapada amb tres mantes, els caçadors han tornat. Duien quatre llebres i dues perdius lligades. També se'ls veia relaxats i contents.

Els acompanyava el Pinxo, el gos mastí de l'Eliseu.

Ja vaig dir fa uns dies que el Pinxo i jo som bons amics, em coneix des de petita. Sempre he sigut la seva humana preferida.

Però aquest matí el Pinxo estava molt estrany. Només veure'm, ha començat a grunyir. No com si jugués, sinó de veritat, com si en qualsevol moment pensés mossegar-me.

He intentat apropar-li una mà al morro, deixar-li que m'ensumés, que em reconegués, gratar-lo sota les orelles. Però ha estat pitjor.

Ha reculat fent un bot. M'ha mirat amb ràbia i m'ha ensenyat els ullals, grunyint.

—Pinxo, rei, què et passa? No em coneixes? —li he preguntat, com si em pogués entendre.

La meva veu encara l'ha esverat més. Al final, veient que no es calmava, l'Eliseu ha engrapat la corretja del seu gos amb força, m'ha mirat amb aquells ulls profunds, cansats i emmarcats d'arrugues i m'ha dit:

—És millor que no el provoquis.

Provocar-lo? Qui provocava, el Pinxo? L'Eliseu ha decidit endur-se'l a la part del darrere i deixar-lo una estona lligat en un arbre, mentre es prenia la tassa de cafè que la meva mare acabava de servir-li. Des del seu lloc, el Pinxo continuava grunyint i bordant.

Bordant-me.

Jo, en canvi, sentia l'olor de l'animal com mai. Em semblava forta i molt desagradable.

Durant un moment, s'ha fet un profund silenci al bosc. Com si el món sencer s'hagués aturat a escoltar els successos que havien de venir. O com si algú ho hagués paralitzat tot en pronunciar un malefici. Els ulls vidriosos del caçador de llops em miraven fixament. Crec que ningú més que jo se n'ha adonat. He notat un calfred. I n'he tingut la certesa: ell *ho sap*. Com el Pinxo. Tots dos saben alguna cosa terrible que jo encara em nego a acceptar.

Després, ha passat una merla i el malefici s'ha trencat. L'Eliseu s'ha assegut al balancí. La meva mare ha tornat a omplir les tasses dels caçadors i jo he posat una excusa:

—Estic agafant fred. Me'n vaig una estona al llit.

Ma mare m'ha ajudat a deslliurar-me de les mantes i a pujar els graons del porxo. Encara estic una mica dèbil. El pare, com acostuma a fer aquests dies, s'ha limitat a mirar-me en silenci, sorrut. Continua enfadat amb mi.

Una estona més tard, he sentit les passes de l'Eliseu fent cruixir la fullaraca seca de la part del darrere de la casa. Parlava al Pinxo en veu baixa, però no m'ha costat gens entendre les seves paraules:

—Ni que haguessis vist un llop, nano.

14

ELS CAPS DE SETMANA hi ha més activitat. Ahir, per exemple, va estar per aquí el meu germà Benjamí, acompanyat del seu inseparable amic raret.

Em vaig adonar que l'amic em mira com si jo fos un pastisset de nata. Reconec que és atractiu i que vesteix bé, però no sortiria amb ell ni que fos l'únic noi sobre la superfície de la Terra. Crec que ell no ho entendria perquè es pensa que és irresistible. El meu germà tampoc no ho entén.

—Fes-li una mica de cas, pobret.

Quina mania que té tota la meva família d'organitzarme la vida sentimental.

Ma mare els va convidar a sopar, però no van voler quedar-se.

—No pot menjar quasi res —va explicar el meu germà, referint-se al seu col·lega—, té un munt d'al·lèrgies estranyes. Per això mai no menja fora de casa.

La meva mare rondinava en veu baixa:

—Quins amics més estranys que et busques, fill.

En l'únic moment en què ens vam quedar sols, el raret i jo, ell em va mirar fixament i em va dir:

—Tu i jo hauríem d'estar junts, princesa. Ens assemblem molt.

Em va deixar anar una tirallonga llarguíssima: que els

éssers de la nit han de treballar en equip per a la seva supervivència. No perquè ho diguin les rondalles de por, sinó perquè el món està contra nosaltres. Només si fem pinya aconseguirem sobreviure, perquè som molt més vulnerables del que semblem.

Tot això va dir, parlant molt ràpidament i sense deixar de despullar-me amb la mirada. I en acabat, la conclusió:

—Vaja, princesa, que estem fets l'un per l'altra, tu i jo.

No m'agrada gens la manera que té de mirar-me. Pot sonar exagerat, però em provoca calfreds. L'única cosa que vaig ser capaç de dir-li va ser:

—Jo no ho crec.

15

ENCARA QUE SEMBLI ESTRANY, el més difícil de la meva ruptura amb en Salva va ser explicar-ho al meu pare. Últimament tinc la sensació que no sóc el tipus de filla que li agradaria tenir. Per això miro de convertir-me tota l'estona en una altra cosa.

És complicat.

El cas és que mon pare es va enfadar moltíssim quan va saber que havia tallat amb el meu xicot. En Salva li agrada per molts motius. En primer lloc, perquè sempre li dóna la raó en tot (i això inclou el que jo he d'estudiar i el que jo he de fer amb la meva vida) i perquè és un estudiant exemplar, d'aquells que tenen molt clar que el seu futur serà una carrera brillant a l'empresa del seu pare.

Informació addicional imprescindible: en Salva és l'únic fill del soci capitalista del meu pare. M'explico: un soci capitalista és qui posa els diners perquè un negoci funcioni. Diguem que els negocis del meu pare, en aquells dies en què a en Salva se li va ocórrer anar-se'n al llit amb la meva millor amiga, depenien bastant dels diners del pare del meu xicot traïdor. Els negocis familiars començaven a fer aigües, un darrere l'altre, per culpa de la maleïda crisi. És a dir, que el meu pare s'espantava només de pensar que alguna cosa pogués molestar el seu soci i provocar que es fes enrere i s'endugués els seus meravellosos diners, deixant-lo a l'estacada.

Així que la primera reacció del meu pare quan va saber que en Salva i jo havíem tallat va ser trucar al seu soci i preguntar-li com estava el seu fill. Es va quedar molt preocupat quan va saber que en Salva estava fet pols, que no tenia ganes de parlar amb ningú i que gairebé no menjava.

Tan bon punt va penjar el telèfon em va preguntar:

—No et sap greu que el pobre noi estigui tan malament?

I se'n va anar al seu despatx, de mala lluna, sense voler entendre res ni escoltar.

La meva ruptura amb en Salva, des del punt de vista del pare, va ser «egoista», «exagerada» i «inoportuna». No m'ho ha dit, però creu que hauria d'haver esperat fins que la crisi econòmica passés o s'atenués una mica per deixar el meu xicot. De manera que m'he comportat —sempre segons ell— «com una nena consentida, incapaç de comprendre que les coses són molt més complicades». Segons ell, m'hauria de disculpar amb tots: amb ell, amb la família i, no cal dir-ho, amb en Salva.

Bé, doncs, aquí teniu la meva disculpa (i adverteixo que és l'única que penso articular): ho sento, papa. Sento molt no haver mirat les cotitzacions de la borsa abans d'enviar a fer punyetes el meu xicot. La propera vegada que algú em posi les banyes, preguntaré als periodistes per la situació dels negocis de la família, abans de vessar ni una sola llàgrima. Segur que ells saben dir-me si és o no és un bon moment per deixar que em trenquin el cor!

Informació addicional (no tan imprescindible): El meu pare és bastant famós. És empresari. Dels grans, d'aquells que van a esmorzar de tant en tant amb el rei i es passen el dia pendents de la cotització de les seves accions. Encara que últimament quan surt als diaris no és només per coses bones, relacionades amb el creixement de les seves empreses a tot el món. Ara els periodistes el persegueixen fent-li preguntes desagradables i fa un parell de setmanes fins i tot va sortir al telenotícies, a la secció d'«Escàndols» (bé, no sé si aquesta és una secció del telenotícies, però ho hauria de ser).

La història és que, de sobte, una setmana després de l'episodi d'en Salva i la Margarida, el soci capitalista del papa va decidir retirar part dels seus diners. Per si algú dóna la raó al meu pare aclareixo que simplement va ser una coincidència. Feia molt de temps que els negocis anaven malament i el pare d'en Salva havia avisat moltes vegades que la cosa empitjoraria. Encara que s'ha de reconèixer que la coincidència va ser desafortunada.

Els advocats del meu pare (dos dels quals són els meus germans) li van aconsellar reduir despeses de manera dràstica. Així que van presentar suspensió de pagaments i van començar a acomiadar els treballadors. En total, més de tres-centes persones van perdre la feina gairebé d'un dia per l'altre. El meu pare va fer una roda de premsa, va posar cara de compungit davant dels periodistes i no va deixar que li fessin preguntes. Com un entrenador de futbol antipàtic.

Hi va haver un gran enrenou. Els treballadors acomiadats es van manifestar durant dies davant el despatx del meu pare i de la resta de directius de l'empresa (entre ells els meus germans). Duien pancartes en què els insultaven i els feien culpables de la seva situació. Van sortir a tots els informatius. La policia va haver d'intervenir. El tema va arribar al Parlament. El meu pare va indemnitzar tothom perquè callessin. Després es va deprimir. El seu psicòleg li va recomanar que marxés uns dies fora de la ciutat, fins que els «incidents» s'oblidessin i «el malestar» dels treballadors s'apaivagués una mica. La mare, és clar, va pensar que era una idea magnífica, com us he explicat abans. Vam arribar aquí i les coses van continuar més o menys igual. Després va ocórrer el que ja sabeu, i em vaig convertir en la seva coartada perfecta.

16

AVUI ÉS EL PRIMER DIA que em trobo millor. He recuperat forces. No em marejo si m'incorporo de cop. Tinc una gana ferotge.

La meva mare ha trucat al metge per explicar-l'hi. Quan ha penjat el telèfon ha somrigut:

—Diu que és la recuperació més ràpida que ha vist mai. —Però de seguida ha aixecat l'índex de les advertències i ha afegit:— Però no vol que facis bogeries. Diu que has de continuar fent repòs almenys sis hores al dia.

Fer repòs quan et trobes bé és desesperant. Fins i tot se m'ha alterat el ritme normal del son. Com que passo tantes hores al llit, he començat a dormir de dia, com els bebès. De matinada, en canvi, tinc una energia increïble i ni gota de son. Ma mare diu que se m'ha capgirat el son com un mitjó acabat de llançar al cove de la roba bruta.

Encara sort que a la nit internet funciona bé i em deixa navegar i escriure al bloc. El meu pare diu que això de la poca cobertura diürna és cosa de les antenes, que segons sembla en aquesta vall estan massa espaiades o espatllades o totes dues coses.

Avui tenim més novetats. Han arribat els meus tres germans grans per passar el cap de setmana. Això vol dir que sortiran a caçar cada matí i que després la mama tindrà un munt de roba per rentar i que al porxo hi apareixeran cada dia quatre parells de botes enormes arrebossades de fang. Els meus tres germans grans tenen més de trenta anys i, a més de la seva feina de directius, deuen al pare tots els seus gustos. Són com quatre gotes d'aigua. Aquest cop han vingut amb les seves xicotes. I amb mitja dotzena d'escopetes noves.

D'aquí a un parell de dies hi haurà lluna plena.

17

PER QUÈ SENTO CALFREDS cada cop que miro la lluna? Per què voldria arrencar a córrer, arribar amb els meus propis mitjans a l'altre extrem de la vall?

Què vull descobrir, explorar? Per què necessito l'aire glaçat de les muntanyes acaronant-me les galtes?

Per què desitjo ensumar els rastres que el vent arrossega? Per què desitjo el vent, carregat de pistes d'altres éssers, de llocs remots, de mars llunyans, de tantes coses que cap ésser humà no ha conegut mai?

Per què sento de sobte ganes de buscar d'altres com jo, éssers solitaris, i d'escapar-me amb ells, sentir la seva escalfor en les nits gelades? Per què de cop i volta necessito estar al seu costat, un sol ésser perseguint un mateix objectiu?

I la soledat? És normal aquest desig d'estar sola, immensament sola? Què hi ha més enllà de la soledat dels grans espais oberts? No és aquesta soledat molt més terrible que qualsevol altra? He nascut, potser, per ser absolutament lliure? Per escapar-me de la bandada? No és una mica trista, sempre, la llibertat dels éssers solitaris?

Per què, quan miro la lluna, les preguntes no paren d'assetjar la meva ment? Qui sóc? En què m'estic convertint? Quin és el meu lloc i el meu destí? Qui el compartirà amb mi, quan arribi el moment?

18

HE TINGUT UNA ESPÈCIE de recaiguda. Per això he desaparegut tres dies del bloc. Demano perdó, per si algú estava preocupat per mi. Encara que soni estrany, durant les hores que he passat a l'hospital i al llit, quan ja era a casa, no feia res més que pensar en el bloc i en qui podia estar a l'altra banda, esperant les meves paraules. És com si aquest petit espai virtual s'hagués convertit en la meva única vida veritable, l'única on em ve de gust estar. Escriure és, ara més que mai, una manera de salvar-se.

Intentaré explicar què ha passat.

Ja vaig dir que van arribar els meus tres germans i les seves xicotes. Tots són molt atractius, molt simpàtics, molt sofisticats, semblen molt contents. Tots viuen a Madrid, tots tenen grans cotxassos que s'embruten a la muntanya. Quan veuen un mosquit o una sargantana, elles es comporten com si haguessin vist un tigre de Bengala a punt d'atacar-les. En definitiva: són, encara que no ho admetin, gent de ciutat, molt estressada per culpa de les seves frenètiques vides de ciutat.

El primer matí no tenien forces ni per llevar-se. Van dormir fins molt tard. Ma mare havia preparat per a ells les habitacions de convidats del pis de dalt. A tres quarts de quatre, les noies encara s'estaven dutxant.

Durant el dinar van decidir organitzar el dia següent «una gran cacera», aprofitant que fa pocs dies es va aixecar la veda del senglar, la cabra salvatge, la daina i no sé quantes espècies més.

—Serà una manera magnífica de començar la temporada —va anunciar el pare, satisfet—, a veure si tenim sort i matem alguna bèstia grossa.

—Segur que la Vall ens fa un regal inesperat —va dir el meu germà gran, que sempre ha estat un idealista—, encara que només sigui perquè no venim gairebé mai.

Era divertit que fossin aquí, una interrupció en la monotonia. A més, jo aquella tarda em trobava molt bé. També tenia ganes de llançar-me a la muntanya, però no a caçar, sinó a gaudir de la natura, del so de l'aigua, de la llum de la lluna...

Quan es va fer de nit, els homes se'n van anar al llit aviat i les noies —amb la meva mare— es van asseure a mirar una sèrie horrible a la tele. Una d'aquelles de vampirs guaperes, on les protagonistes sempre són rosses i els vampirs sempre són un tros de pa. Vaig decidir sortir al porxo. Em venia de gust estar sola i respirar aire pur. Em vaig asseure al balancí.

Primer de tot vaig pensar: Quina bona olor!

Després vaig notar els sons. Hi havia mil sorolls propers que reconeixia secretament: un ratolinet excavant els seus túnels sota els meus peus, un mussol agitant les ales, una serp reptant per la branca d'un arbre.

Aleshores el cor em va fer un bot. Havia sentit alguna cosa. Un udol. Arribava des de molt lluny: vaig calcular que d'uns set o vuit quilòmetres en direcció a la serralada, prop de l'indret on hi ha una ermita centenària. L'udol procedia d'un mascle jove. Estava sol i buscava una femella.

Em vaig espantar molt. Com podia saber totes aquestes coses només escoltant un udol? Fins ara mai no m'havien interessat els llops i només en sé el que he sentit explicar a l'Eliseu. M'ho estava imaginant tot o hi havia un instint desconegut i nou que s'havia despertat molt endins meu?

Vaig entrar a casa. Vaig dir que me n'anava a dormir i em vaig posar al llit, però no vaig aconseguir agafar el son. Tenia una calor horrorosa, i els llençols se m'enganxaven a la pell i se m'embolicaven a les cames. Vaig pensar que una dutxa em relaxaria.

Vaig saltar del llit sense encendre el llum. Un cop al lavabo, vaig mirar de no fer soroll. La casa estava en un silenci absolut i tots els membres de la família, incloent-hi els caçadors, dormien com soques. De cop, tot aquell guirigall del món semblava que s'amplifiqués. Sentia passes i batecs i ecos dins les canonades de l'aigua. Podia sentir la respiració de tots els ocupants de la casa. L'esbatec de les ales de centenars de bèsties, allà a fora, als arbres. La fregadissa de milions de fulles movent-se. Era eixordador, insuportable.

M'ofegava de calor i vaig obrir la finestra.

Quan vaig veure la circumferència perfecta de la lluna plena, vaig tremolar de cap a peus. Havia començat a despullar-me. Mentre ho feia, vaig sentir que el món començava a giravoltar i que gairebé no podia aguantar-me dreta.

El meu següent record té la consistència d'un d'aquells somnis recurrents, tot i que molt real: altre cop a l'hospital, altre cop el metge de les preguntes, altre cop la infermera que em somriu com si no hi fos tota. Ma mare amb cara de preocupació, agafant-me la mà. El meu pare discutint amb la infermera per qualsevol fotesa. Una escena que ja havia viscut abans.

Tot i que altra vegada, absolutament real.

Aquest cop vaig estar poques hores a l'hospital, en observació. Ni tan sols em van ingressar. Les analítiques de sang van sortir bé, i en despertar em trobava millor que mai. El meu únic desig era tocar el dos.

—Ha estat un desmai de poca importància —va dir el metge al meu pare—. El seu estat és, en general, molt millor que no esperàvem. La seva filla està forta com un roure.

Quan vam tornar, em van rebre els meus dos germans i les seves xicotes. Havien preparat un sopar especial, més o menys a la meva salut, i ens vam entaular de seguida. El meu pare no estava enfadat amb mi (o aquella nit no ho demostrava) i semblava content de tornar a ser allà. Jo em moria de gana. Em vaig menjar jo sola una truita de patates de sis ous i gairebé un quart de quilo de pernil de pota negra. El meu pare es va fer un fart de riure veient-me engolir d'aquella manera.

—Per Déu, filla, si continues menjant així, et posaràs com una vaca —va dir ma mare, divertida per la situació.

Durant el sopar em van explicar el que havia passat.

A les cinc del matí, els meus germans i el meu pare, armats fins a les dents i amb grans expectatives, van sortir a caçar.

No havien caminat ni mitja hora quan un dels meus germans va cridar:

—Mireu! Allà! És un llop!

No cal dir que van fer bots d'alegria. Era la sorpresa que els havia reservat la muntanya a canvi de la seva visita, com havia dit el meu germà la nit anterior.

La caça d'un llop requereix destresa, treball en equip i molta prudència. Mai no es pot saber si es tracta d'un llop solitari, dels que han estat expulsats de la bandada i condemnats a vagar en solitud, o si darrere seu apareixerà tota la família.

Li van disparar diverses vegades, tot i que fa anys que està prohibit matar llops en aquestes contrades. Durant una estona van pensar que havien aconseguit acorralar-lo, que l'havien ferit, que la presa era seva. Crec que van estar molt a prop d'aconseguir-ho, però, al final, l'animal es va escapolir. La resta del temps el van passar buscant pertot arreu algun indici que els ajudés a recuperar-ne el rastre i maleint la seva mala sort.

A un quart de dotze, la xicota del meu germà gran es va llevar i va mirar per la finestra. Va tenir un bon ensurt en veure un llop prop del porxo de la casa, vigilant qualsevol moviment amb atenció. Va començar a cridar, històrica, alertant tothom (menys a mi). Ma mare hi va anar de seguida, la va abraçar, la va tranquil·litzar, li va preparar una til·la. Després, va sortir al porxo, armada amb un pal d'escombra, i va tornar de seguida, dient que allà no hi havia cap llop.

—Era allà..., allà mateix, al costat del balancí —repetia la meva cunyada.

—És estrany que els llops s'acostin tant —deia ma mare, per calmar-la—. Normalment, temen els humans.

—Doncs aquest no semblava pas espantat. Em mirava com si... com si em conegués —deia ella.

El pas següent de la mama fou entrar a casa (sense deixar anar l'escombra) i assegurar-se que tot estava en ordre. Va trobar el meu llit buit, però desfet, i va pensar que potser era al lavabo. Va trucar a la porta. Estava tancada per dins. Utilitzant el pal de l'escombra per fer palanca va forçar el pany fins que el va trencar (quan hi ha una urgència, ma mare no està per orgues).

Em va trobar desmaiada a terra, al costat de la meva roba, completament despullada. La dutxa oberta inundava el plat, que no donava l'abast a empassar-se tanta aigua, i part del terra del lavabo. Qui sap quants litres s'havien malgastat per culpa meva.

La meva mare va telefonar al meu pare abans que a l'ambulància. Em va posar el pijama. «Com quan eres un bebè», em va dir. El meu pare i els meus germans van arribar de seguida, encara excitats com nens per les aventures de la seva nit de cacera, però plens de frustració per haver tornat amb les mans buides.

—És millor que no l'hagueu caçat —vaig sentir que deia ma mare—. El llop és una espècie protegida i matarlo es considera un delicte ecològic. Millor així.

Al metge, la meva mare li va dir que me'n vaig anar al llit a l'hora habitual i que em vaig despertar a la matinada. Per alguna raó inexplicable, vaig decidir dutxar-me i allà mateix, al lavabo, devia perdre el coneixement i em vaig desplomar.

—A quina hora es va desmaiar? —va preguntar el metge.

—No devien ser més enllà de les onze. Si hagués estat abans, l'hauria sentit. Les nits aquí són molt silencioses —va dir la meva mare; era clar que s'equivocava de ple.

—Llavors, el desmai deu haver durat... —el metge va fer els seus càlculs— aproximadament una hora, oi?

—Això mateix —va corroborar ma mare.

Quan em vaig despertar, em van demanar que confirmés la seva reconstrucció dels fets. La dutxa, el desmai, l'hora... Em va semblar que era perfecta.

Els vaig dir que ho havien encertat tot. Ho vaig dir perquè explicar-los la meva versió hauria estat una pèrdua de temps esgotadora.

19

Desperto aquí,
on vaig saber
que no sóc com els altres.
Et busco en la tenebra
i sé que tu ets com ella,
meva i fosca.
Només de nit
dins del meu llit.
Si ja no tornaràs
la vida no és per mi
Si no et torno a mirar
llavors, millor morir.
Mil nits després
t'esperaré
encara que no vinguis
i a l'hora del mai més
em penjaré de la Lluna.

El que acabeu de llegir és un regal especial que m'han fet avui. Un regal de paraules i música. Perdona'm, Weird, em sap greu que t'hagis preocupat tant per mi.

En aquesta nit glaçada, tinc ganes de cridar les teves

paraules als quatre vents. La meva manera de fer-ho és deixar-les aquí, en aquest racó que compartim i que no és del món real. Una mica com nosaltres mateixos, éssers fora de tot.

És el regal més bonic que m'han fet mai.

20

AQUEST ÉS EL MEU SOMNI:

Corro, corro, corro tant com em permet la meva nova condició.

La lluna m'il·lumina, el fred m'acarona, els murmuris del bosc —una música nítida— allunyen la meva por i la meva soledat. Al meu costat, el Riu Negre canta en silenci.

No tinc por, tot i que sé que corro perill.

No m'acovardeixo, malgrat saber que sóc vulnerable.

D'alguna manera tinc clar que d'altres com jo, els meus avantpassats, van caure aquí, sobre aquesta terra fosca, gèlida, amarada de sang.

Sé que el bosc, aquesta nit, és ple de depredadors que desitjaran la meva mort. El perill és un incentiu, gairebé un premi.

També jo persegueixo un ésser de sang calenta. Puc pressentir-lo, gràcies a les pistes que arrossega el vent.

Tots perseguim o som perseguits, segons l'ocasió. Cal estar preparat per ambdós casos.

Encara sóc lluny quan distingeixo la meva presa. M'estranya poder-ho fer a tanta distància. Encara no m'acabo d'acostumar a mi mateixa, al que sóc ara. Corro com un llamp, estripant la nit amb les meves peülles d'animal veloç, el meu alè assossegat, la meva mirada paorosa, centre de tantes històries.

Amb un salt, caic sobre el meu objectiu. Directa al coll. Es retorça, és gran, ha estat fort, aquest no és el primer atac que pateix, però per primer cop no hi té res a fer.

Ell és vell i jo sóc jove. Ens governa la llei del més fort i ambdós ho entenem.

Raja la sang. Brollant com un riu. M'embruta i m'atorga l'aparença d'un dimoni. Prenc distància i m'aturo a contemplar. El cos gros i encara calent del mastí reposa sobre un bassiot de sang envoltat de vísceres escampades. S'acomiada de la seva generosa vida entremig d'espasmes.

Em pregunto per què ho he fet, per què, per què he sentit aquesta veu imperativa de l'instint i no m'hi he pogut negar. Començo a tremolar de por, d'horror, d'incredulitat. No vull ser un monstre. Però és que potser hi ha algun monstre que estimi la seva condició? Em desperto xopa de suor, amb el cor a la gola, retrunyint, les galtes humides de llàgrimes i una por nova instal·lada a l'ànima.

Em dic a mi mateixa: «Ha estat un malson».

Però sé molt bé que no és veritat.

21

ENCARA ERA AL LLIT quan ha arribat l'Eliseu. Sense sortir de l'habitació he sabut que el Pinxo no venia amb ell. No he sentit la seva olor repugnant, no he sentit el seu panteix, les seves passes feixugues d'animal vell.

A l'Eliseu li tremolava la veu quan ha preguntat al meu pare on va ser que havia vist el llop, com era, de quina mida, mascle o femella, jove o vell.

El meu pare dubtava.

—Un llop ibèric comú, de pèl bru —ha dit—. Femella, segurament, per la mida, tot i que no ho sé del cert. No crec que aixequés de terra més d'un metre. El primer cop, quan el meu fill el va veure, estava a tocar del riu. Devia anar a beure. Després, el vam perdre. Es va escapolir entre la foscor.

—Jove? —ha preguntat el caçador de llops.

—Això sí. Ràpid i esvelt.

—Llobatons? O algun mascle a prop?

—No els vaig veure.

L'Eliseu rondina. Remuga alguna cosa per a ell mateix. El meu pare li pregunta què li passa, què el preocupa, a què treuen cap tantes preguntes.

—Aquesta bèstia m'ha matat el Pinxo, senyor.

M'esgarrifo, amagada entre els llençols. Tinc ganes de

plorar. Tanco els ulls i veig el cos d'aquell tros de gos ensangonat. No vull que sigui veritat.

El meu pare tampoc no s'ho creu.

—Per què l'hauria de voler matar? Els llops maten xais.

L'Eliseu nega amb el cap.

—Les llanudes estan totes bé —diu amb la veu trencada—. Volia el Pinxo.

—Això no pot ser, home —li treu importància el meu pare—, aquest gos està cansat de matar llops.

—Ai, Déu meu, d'això ja fa molts anys, quan ell era jove i jo era menys vell. Ara som preses fàcils. Ja no ens acompanyen les forces per defensar-nos. A més, segur que aquesta bèstia el va hipnotitzar. Els llops saben fer-ho. T'embruixen amb la mirada i t'entra una son impossible de reprimir. Caus adormit allà mateix, en pocs segons. Llavors et devoren sense deixar-te temps per morir.

Les paraules de l'Eliseu han fet emmudir el meu pare. Les llàgrimes han començat a mullar els meus llençols.

—Què faràs ara, Eliseu?

—Enterrar el gos, senyor.

Un silenci trist, fúnebre, ha brotat a la conversa.

—Puc demanar-li un favor? —fa l'Eliseu—. El Pinxo és un tros de bèstia. No el podré carregar tot sol...

—Jo t'ajudaré, home. Ho farem entre tots dos —s'ofereix el meu pare, que sembla realment impressionat.

L'Eliseu respon amb un renec que, estic segura, només he pogut sentir jo.

—Maleïda sia la bèstia que m'ha deixat sol.

Jo decideixo que em passaré tot el dia al llit, amagada sota els llençols, molt quieta, a veure si aconsegueixo perdre'm de vista una estona.

22

TINC UNA BONA NOTÍCIA i una de dolenta. La dolenta: en Benjamí torna a ser aquí i aquest cop es queda a dormir. La bona: com que estic malalta, la mare ha decidit que ell s'instal·larà en una de les habitacions del pis de dalt.

Així que aquest cop no l'hauré de suportar, ni a ell ni les seves olors, ni els seus roncs, ni els seus calçotets bruts de fa dies escampats sota el llit.

Tot i que no puc evitar que utilitzi l'ordinador, que, en teoria, també és seu.

La primera cosa que va fer en seure davant del teclat va ser acaronar la pantalla i xiuxiuejar:

—T'he trobat a faltar, Maquineta.

Després es va quedar unes quatres hores clavat a la cadira, navegant per internet i fent vés a saber quines coses. Vaig aprofitar per anar a fer un tomb i llegir una mica, preocupada perquè en Weird em trobaria a faltar i jo no tenia cap manera d'avisar-lo.

Havent dinat, en Benjamí em va dir molt seriós (i molt misteriós):

—He de parlar amb tu del meu col·lega.

Buf, ja sospitava per on anirien els trets. El meu germà hi té la mà trencada, a fer de defensor de les causes perdudes. Aquesta vegada, a més, pensava fer d'alcavota. Va aprofitar l'hora de la migdiada, quan el pare s'estira una estona al sofà i gairebé a l'instant es queda adormit, i la mama diu que mira la telenovel·la, però en realitat també dorm, a la butaca. En Benjamí estava molt preocupat pel seu col·lega, o això va dir:

—El pobre es queda fet una merda cada cop que et veu.

Vaig arronsar les espatlles, donant a entendre que aquell no era el meu problema.

—No podries donar-li una oportunitat? Què et costa? —va afegir.

No m'ho podia creure! En Benjamí parlava com si sortir amb el raret amic seu fos una mena d'obra de caritat.

—Està obsessionat amb tu —va afegir, com si això fos un argument convincent.

Després de pensar-ho una mica, vaig decidir que no valia la pena provar d'explicar al meu germà per què no pensava sortir amb el seu amic, un faldiller de pacotilla, massa acostumat a sortir-se sempre amb la seva. Tampoc no li vaig dir per què no em prenia seriosament aquest gran problema de què m'estava parlant i per al qual l'estaven utilitzant de la pitjor manera. Per resumir-ho, només li vaig dir:

—Ja li passarà. Quan s'obsessioni amb la propera.

Va semblar molt ofès.

—Em penso que ets massa dura amb ell —em va engegar.

Vaig deixar anar una riallada que volia ser irònica, però, en realitat, el comentari m'havia ferit. Li vaig preguntar:

—I tu què en treus, a canvi de tantes molèsties? Per què hi tens tant d'interès?

—Ajudo un amic —va fer ell, en to d'estar molt ofès— i, de passada, busco a la meva germana algú interessant amb qui sortir.

Vaig tornar a callar la meva opinió. No només del seu col·lega, també d'ell mateix. El meu germà no té remei. Va de defensor de les causes nobles més estrafolàries. Però sempre ha estat, és i serà un babau.

—Jo escullo qui és interessant, si no et fa res —vaig dir.

—Ah, sí? Com si tinguessis algun candidat.

La conversa s'anava tornant brusca i desagradable per moments.

—Tu què saps! —vaig saltar.

Mai no explico a en Benjamí les meves intimitats. Aquell dia, tanmateix, es va ensumar alguna cosa. La meva resposta, massa agressiva o massa misteriosa, li va fer sospitar la veritat.

—Vaja, vaja... —va dir allargant molt les paraules—, ja has trobat un substitut per a en Salva?

No vaig contestar, tot i que per dins una veueta responia: «No és el substitut de ningú, ni s'ho mereix».

Molest pel meu silenci i davant la possibilitat de saber què estava passant, el meu germà va provar de punxar-me:

—I serà tan fidel com ell?

Ho va aconseguir només a mitges. Vaig guillar. No podia suportar aquella conversa ni un segon més.

Estic farta que tots es creguin amb el dret d'opinar sobre la meva vida.

23

PENSAVA QUE LES COSES no podien empitjorar, però m'equivocava. Ahir em va trucar l'amic raret del meu germà. Volia convidar-me a una festa que han organitzat la matinada de demà passat en un lloc que anomenen el Parany dels Llops. Em va dir que en Benjamí hi anirà.

—És un lloc al·lucinant. Una trampa per a llops gegantina, construïda fa anys per la gent de la vall. Organitzarem una festa allà, amb música i beguda. Vull que vinguis amb mi.

Li vaig dir que no em venia gaire de gust perquè encara no em trobava bé del tot.

—Jo t'acompanyaré a casa quan acabem —es va oferir.

M'hi vaig negar altra vegada, de la manera més amable que vaig poder.

—Aleshores podríem sortir un altre dia. Dissabte?

Sortir sola amb ell era l'última cosa que hauria volgut fer el dissabte (o qualsevol altre dia). Un altre cop vaig deixar anar una mentida amable:

—Prefereixo quedar-me a casa fins que em recuperi del tot, però gràcies.

Aquesta nova negativa el va fer enfadar. Va ser com si sortís de sobte la seva veritable personalitat, el rostre que amagava darrere la màscara de bona persona:

—No m'agrada haver d'insistir tant —va dir, sec.

—Llavors deixa-ho estar —vaig respondre—. Jo no t'he demanat que em persegueixis.

Em va penjar el telèfon. La veritat és que no em va sorprendre aquesta reacció. Fa molt de temps que sé quin peu calça.

Estava segura, doncs, que la meva opinió no canviaria. No volia sortir amb ell i punt. No vaig pensar que podia, amb l'ajut del meu germà, utilitzar una estratègia molt més sofisticada. I, malgrat que em pesi, molt més eficaç.

Una estona després de tot això, en Benjamí em va tornar a parlar de la festa al Parany dels Llops.

—Crec que hauries de venir amb nosaltres i deixar de fer-te la interessant —va dir.

Vaig estar a punt de negar-m'hi una altra vegada, però llavors el meu estimat germanet va afegir:

—Si no véns, explicaré al papa que has escrit al teu tutor de l'institut i que estàs pensant a canviar-te a un altre batxillerat. Serà la bomba.

El vaig mirar amb ràbia, amb impotència, amb incredulitat.

—Has estat tafanejant els meus correus?

—L'ordinador és de tots dos —va deixar anar, tan tranquil, com si això el justifiqués.

De sobte vaig pensar: «Què més sap de tot el que m'està passant últimament i de quina manera podria utilitzar la informació en benefici seu?». Vaig sentir pànic. No és un bon moment per explicar els meus plans al meu pare. La situació de les seves empreses i tot el que li està passant el fa estar més irritable que de costum. Volia fer les coses a la meva manera, sense presses, escollint bé l'ocasió. El meu germà m'estava col·locant entre l'espasa i la paret. No volia ni imaginar-me la cara que faria el meu pare si conegués les meves intencions respecte dels estudis, ni com podria acabar la meva decisió de canviar el meu destí.

Va somriure, satisfet, en adonar-se que havia aconseguit els seus propòsits.

—D'acord —vaig remugar—. Hi aniré.

Així és que estic a les mans del meu germà. El seu xantatge li ha sortit bé. No tinc més remei que anar a la maleïda festa, amb ell i el seu amic, el que no sap encaixar una negativa, a canvi que no digui al nostre pare tot el que ha descobert espiant al meu ordinador.

La festa és demà passat. Només de pensar-ho, em posaria a plorar.

24

DURANT SEGLES, ELS HABITANTS d'aquestes valls han entretingut les llargues i fredes nits d'hivern explicant-se els uns als altres històries esgarrifoses. Una d'aquestes històries, que el temps i la gent han convertit en llegenda, té com a protagonista l'avi de l'Eliseu. Nosaltres la vam conèixer per boca del nostre amic pastor.

La recordo molt bé.

Quan l'Eliseu va venir al món, aquestes muntanyes estaven plenes de llops. Eren els amos dels camins solitaris i de les nits fosques. De vegades, els mesos de fred i de nits inacabables, quan escassejaven les preses, els llops s'apropaven als pobles i atacaven les ovelles als tancats. Els ramaders trobaven, de bon matí, les restes d'una matança que els deixava més pobres i més indefensos. Els nens estaven aterrits. Les mares els amagaven a casa perquè no veiessin els llops que estaven a l'aguait. Creien que la simple visió d'un llop els podia fer emmalaltir.

L'avi de l'Eliseu, que també es deia Eliseu, no devia tenir més de vint-i-cinc anys quan va protagonitzar la proesa que li havia de canviar la vida. Recorria la vall de retorn a casa durant un d'aquells vespres d'hivern curts i gelats. El sol encara no declinava del tot i el camí estava ben il·luminat per la poca llum que li quedava al dia, vermella com la sang.

Tot d'una l'home, que caminava a bon pas, atent a tot el que sentia o veia, va descobrir el rastre d'un llop sobre la neu. Es va quedar paralitzat de terror. Havia sentit històries de llops que esperen els homes als camins, els encanten amb la seva mirada màgica, i després els salten al coll, per devorar-los. També sabia que alguns són capaços de caminar durant quilòmetres darrere de les seves víctimes, amb paciència, esperant la millor ocasió per cruspir-se-les.

Advertit del perill que podia estar sotjant-lo, l'Eliseu va apressar el pas, i va canviar lleugerament el seu rumb per arribar tan aviat com fos possible a l'ermita de Nostra Senyora de les Muntanyes. Va pensar que aquella nit no arribaria a dormir a casa seva i que s'esperaria fins que sortís el sol, emparat per les beneïdes parets del petit santuari.

Va fer el camí tan ràpid com els seus peus i la neu flonja li van permetre. Un cop a l'ermita, va tancar la porta darrere seu i es va agenollar a resar a la Verge una pregària improvisada per a l'ocasió:

Santa Mare de la Muntanya
fes que la por no m'acovardeixi
que la navalla trobi el seu camí
i jo pugui viure per explicar-ho, amén.

La Verge el va escoltar, perquè el va mantenir despert i alerta durant tota la nit. Cap allà a les tres de la matinada li va semblar que sentia de nou les passes del llop, sigil·loses, que s'apropaven. L'animal es va aturar a l'altra banda de la porta. Es podia sentir clarament la seva forta respiració en el silenci corprenedor de la nit i fins i tot —diuen— ensumar el seu alè fètid.

Durant més de dues hores, l'animal va estar gratant amb les urpes la fusta gruixuda que li impedia el pas. Les portes no tenien pestells ni tanques, ni cap altra protecció que no fos la força amb la qual el caçador de llops les subjectava, però no es van obrir. Alguns van creure que havia estat un miracle de la Mare de Déu. D'altres, hi van veure una demostració de fortalesa per part del caçador. I no va faltar qui va pensar que només havia estat gràcies a la bona sort.

Va obrir la porta de l'ermita —que aquest cop va cedir amb facilitat— i es va llançar sobre l'animal. Com havia temut, era un llop gegantí, de pèl llarg i negre i ullals esmolats com punyals. S'hi va abraçar, va sentir la seva sang calenta i els batecs del seu cor vigorós, i es va encomanar a la Verge pel que pogués passar. Tots dos, home i bèstia, van rodolar damunt la neu en un violent duel de forces, fins que amb un moviment precís l'Eliseu va poder alliberar un braç i enfonsar el ganivet al coll de la fera.

L'animal encara va trigar uns minuts a morir. En aquest temps, víctima i botxí, llop i caçador, monstre i ésser humà, encara van continuar rodolant damunt la neu del turó. Les forces de la presa s'afeblien mentre la sang s'escapava del seu cos, però malgrat tot va tenir temps de defensar-se. D'una urpada va destrossar una cuixa del caçador. Amb una altra, per sort més dèbil, se li va endur un tros de galta. Si arriba a trigar un segon més a morir, tal vegada el combat hauria deixat dos cossos sense vida a la vall nevada.

El caçador de llops va trigar un temps a aixecar-se. Quan ho va fer, començava a clarejar. El llop, immens, negre com el diable, jeia al peu d'un castanyer enorme. Davant dels ulls de l'Eliseu, la neu xopada de sang dibuixava un camí sinistre al vessant del turó.

El caçador de llops va enterrar la bèstia al peu d'aquell arbre i va retornar a casa. Des d'aquell mateix dia tots van començar a anomenar-lo «el Matallops». La gent supersticiosa va creure que, en morir, l'animal havia traspassat al seu botxí part del seu esperit, i per això l'Eliseu fou respectat la resta dels seus dies, tal com ho serien els seus fills i els seus néts, i en tota la vall se'l va tractar com un heroi.

Per aquesta mateixa raó, quan un temps després el caçador va tornar als peus de l'alzina i va descobrir les petjades de dotzenes de llops, tots van escoltar la seva opinió.

—El llop que vaig matar era el cap de la gran llopada que habita la nostra vall —va dir— i per això tots els membres del clan peregrinen ara fins a la seva tomba. No seria estrany que qualsevol nit de lluna plena intentessin desenterrar-lo i el devoressin, com a manera de retre-li un últim homenatge.

Els veïns es van esgarrifar en sentir aquelles paraules.

—Per això proposo que construïm trampes —va prosseguir l'Eliseu— on els llops entrin, espantats, però de les quals no puguin sortir. Podrem matar-los o capturar-los vius. Acabarem amb els enemics de les nostres ovelles, dels nostres fills i de la nostra tranquil·litat.

Tothom va celebrar aquesta idea. Van decidir començar a construir les trampes aquella mateixa nit. Les van anomenar «parany», però també n'haurien pogut dir «fossa» o «forat».

Així fou com, al costat del castanyer enorme i del cos del llop negre més gran que mai ha mort en aquestes muntanyes, es va construir el Parany dels Llops.

25

AQUESTA ÉS LA MEVA HORRIBLE veritat: sóc un més en la col·lecció de monstres que algun cop ha habitat aquesta vall.

Els caçadors em sotgen.

26

Gairebé no et conec
però ja ho sé tot de tu.
No t'he besat els llavis
ni t'he mirat als ulls
però ja sé que no vull
conèixer ningú més
no hi ha ningú en el món
que hi tingui res a fer.
Gairebé no et conec
però ja m'ha quedat clar
que el teu destí només
pot créixer al meu costat
i que el meu te'l regalo
perquè el tinguis amb tu.
Gairebé no et conec
i et dono el meu futur.

27

HO SENTO. He tornat a desaparèixer del bloc. Aquest cop la culpa no l'ha tingut la meva salut (em trobo millor que mai), sinó el meu estat d'ànim. No em venia de gust ensopegar amb el meu germà, que es passa el dia a l'ordinador, ni haver de parlar amb ell. Tampoc no tenia ganes d'escriure. Crec que en les darreres vint-i-quatre hores he plorat més que mai en la meva vida. Avui, per fi, el meu germà ha marxat. Els meus pares són a la sala d'estar, mirant una pel·lícula. El pare no em parla, encara que després del que va passar ahir, ho prefereixo. Ahir el pare em va dir coses horribles. Em va amenaçar de tancar-me en un internat fins que comenci la universitat. Però serà millor que comenci pel principi.

El principi és al Parany dels Llops.

La festa començava a les dotze de la nit. El meu germà havia parlat amb els meus pares perquè m'hi deixessin anar. Els va explicar que la festa l'organitzava un amic seu que era «molt legal» i que no acabaríem gaire tard. El meu pare no semblava gaire interessat en el tema. La meva mare arrufava el nas quan em va preguntar, estranyada de tant d'interès per part d'en Benjamí:

—Tu hi vols anar?

Vaig haver de mentir, és clar. El meu germà em mirava

fixament i esperava una resposta que satisfés les seves expectatives.

—Sí —vaig respondre.

—Està bé —va atorgar al final el meu pare—, però no torneu tard.

Vam anar en el cotxe del col·lega raret. Més de mitja hora de camí fins a arribar a un lloc insòlit: una fondalada envoltada d'arbres altíssims, enmig de la foscor del bosc. Havien instal·lat una barra de bar, una taula de so i havien improvisat una pista de ball enmig de la clariana. La música retronava en la foscor de la nit. Hi havia torxes i espalmatòries distribuïdes pertot arreu.

Potser si no hagués anat acompanyada d'aquell parell de totxos, m'ho hauria passat bé.

Vaig procurar anar a la meva. Vaig ballar una estona, sola. Abans que pogués pagar la taronjada que havia demanat, el col·lega del meu germà ja era a prop meu, dientme, amb la seva veu empipadora:

—Les deesses no han de pagar per beure.

La seva mirada, fixa en mi, em posava nerviosa. Em vaig sentir observada en tot moment.

Cap a les dues de la matinada, el meu germà em va ordenar:

—Vine a veure les trampes.

Vaig caminar rere seu cap al lloc on la vall s'estrenyia. Un parell de tancats fets amb estaques de fusta formaven una estructura en forma d'embut. La part superior estava custodiada pels arbres enormes. La inferior conduïa a un pas angost, dissenyat perquè els llops hi entressin, espantats pels caçadors, però no aconseguissin sortir-ne. Un cop capturada la presa dins la fossa, els caçadors decidien què fer-ne: o l'apallissaven amb pals i pedres o bé li posaven un morrió de ferro i la passejaven per pobles i poblets perquè tots admiressin la seva gesta, fins que l'animal moria d'inanició o d'esgotament. Després, en subhastaven la pell.

—Mira, els llops entraven per aquí i queien al buit —vaig sentir que deia l'amic del meu germà, assenyalant el pas estret.

La foscor era quasi total dins d'aquell forat. Aquelles estaques altíssimes ens tapaven la lluna. Tot i que potser hi havia lluna nova i el cel era un llençol del color del carbó, sense escapatòria. De sobte em vaig adonar que el meu germà havia marxat, que m'havia deixat sola amb l'altre, amb l'indesitjable, i em va assaltar l'angoixa. Encara que crec que el meu desfici no només era a causa de la seva companyia.

—Et trobes malament, princesa? —em va preguntar.

Em trobava més que malament. Em faltava la respiració i el cor em bategava desbocat. No vaig contestar. Ell insistí:

—I aquí és on morien. O, millor, on els massacraven.

—Necessito sortir d'aquí —vaig dir a sota veu.

—Encara que és millor morir que ser humiliat de poble en poble, no trobes? —va continuar ell—. O tu suportaries que t'exhibissin com una atracció de fira?

—No, és clar que no.

—Saps que durant molt de temps, les mares creien que els nens que tocaven un llop morien de malalties horribles?

No volia sentir res més. M'estava trobant malament de debò.

—Sisplau, deixa'm sortir.

L'amic del meu germà, que em va semblar encara més alt que de costum, es va aturar davant meu, barrant-me el pas. Em vaig adonar que desprenia una escalfor estranya, massa intensa.

—Jo sé el que et passa, princesa —va dir, amb una llum estranya als ulls.

—Per favor... —estava a punt d'esclatar en plors.

Vaig mirar amunt, cap a les altíssimes estaques, i vaig comprendre que no tenia escapatòria. Aquell lloc era una trampa mortal per a mi.

—Jo sé què ets —va continuar ell— i ara no en tinc cap dubte, que estem fets l'un per l'altre. No te n'adones? —un parell de manasses calentes em van engrapar per les espatlles—, els éssers com nosaltres hem d'estar junts, ajudar-nos, complementar-nos. Som nosaltres contra el món, un fet que ells, els normals, no entendran mai.

Li bullien els llavis, quan va provar de fer-me un petó. Me'l vaig treure de sobre a batzegades. Em va fer molt de fàstic.

—Deixa'm —li vaig dir.

Em va mirar amb fúria.

—Ni parlar-ne —va concloure, abraonant-se altre cop damunt meu.

No sé d'on vaig treure les forces, però el vaig fer recular amb una forta empenta. Es va estavellar d'esquena contra el tancat. Em va mirar amb sorpresa, atordit. Jo tampoc entenia com havia pogut fer allò.

Però no va ser suficient per fer-lo desistir. Va recuperar l'energia a l'acte i se'm va tornar a llançar al damunt. Aquest cop directe al coll. Va enretirar l'abric, el suèter, la samarreta, tot amb un gest únic i violent, i per un segon vaig pensar que anava a mossegar-me. Fins i tot em va semblar veure com li brillaven un parell d'ullals prominents. Vaig sentir tanta por que se'm va escapar un crit. No: més aviat un gemec. Algun so que no vaig identificar amb la meva veu.

A l'instant, un altre udol va arribar des de no gaire lluny.

El meu agressor es va aturar. Em va mirar arrufant les celles.

L'udol es va repetir, aquest cop més a prop, com un eco de l'anterior.

Des de fora, una veu va cridar, esfereïda:

—Llops! Vénen llops!

La música es va aturar de cop. Es van sentir crits d'histèria, corredisses, motors de motos i de cotxes. I els udols, aquest cop més propers.

El meu germà, que devia estar vigilant en alguna banda, va cridar, de sobte:

—Sortiu d'aquí, xavals, hem de marxar.

Vaig aprofitar el seu desconcert per escapar-me tan ràpid com vaig poder.

A fora, la festa s'havia acabat d'improvís. A la barra es veien gots tombats i ampolles a mig beure. La taula de so estava abandonada. La gent fugia. Els cotxes sortien de l'aparcament sense cap ordre, il·luminant amb els fars la nit fosca. Al peu del castanyer més alt de tots, em va semblar veure un gran llop negre, mirant-me, satisfet.

No vaig tornar amb en Benjamí i el pesat. Vaig decidir tornar pel meu compte. Vaig córrer entre els arbres. No tenia por, més aviat tot el contrari. Els udols llunyans em feien sentir acompanyada, protegida. Vaig córrer durant hores, descansant de tant en tant. Quan vaig trobar el Riu Negre, vaig beure amb avidesa, fins que el cor em va dir prou. Uns metres més enllà vaig descobrir una lloba jove amb els seus llobatons, fent el mateix, i em vaig sentir molt bé. A partir d'aquell moment, tot va ser més fàcil. Només vaig haver de seguir el corrent del riu per trobar casa nostra. Quan vaig arribar, els ocells començaven a cantar, anunciant una albada que amb prou feines s'endevinava. En Benjamí m'esperava assegut a les escales del porxo i semblava molt enfadat.

—Es pot saber amb qui has tornat?

—Amb ningú. He vingut caminant —vaig respondre.

Vaig entrar a casa sense ni tan sols mirar-lo. No tenia res a dir-li. I vaig fer veure que no sentia les seves últimes paraules:

—L'Arístides diu que tornarà a buscar-te. I que farà tots els possibles perquè et quedis amb ell.

L'Arístides és el seu col·lega, és clar, crec que encara no n'havia dit el nom. Un nom estrany per a un individu estrany.

28

HE D'ACABAR D'EXPLICAR el que va passar. Les històries necessiten un final. Em pregunto quin serà el d'aquesta.

Per ara, l'escena següent té lloc a la cuina (un escenari molt poc solemne, ho reconec) entre el meu pare i jo, actors principals. Com a figurants tenim en Benjamí i la meva mare, que ens miren en silenci.

S'aixeca el teló:

Mon pare està fet una fúria. En Benjamí li ha explicat que la setmana passada vaig escriure al meu tutor per ferli algunes preguntes importants. Per si de cas, ha portat les proves del delicte: tres correus electrònics que no deixen cap dubte:

Hola, Toni,

Segurament et semblarà estrany rebre un correu meu, però necessito fer-te una consulta molt important de cara al proper curs. Primer de tot, t'explico que em trobo molt bé, tot i que els metges diuen que he de continuar fent repòs (és un pal, m'avorreixo). Encara que sembli mentida, tinc ganes de tornar a estudiar. Trobo a faltar llevar-me d'hora, les esbroncades del dire i fins i tot els sermons de la de Filosofia.

Aquests dies en què tinc tant de temps per rumiar, m'ha agafat per posar-me transcendental i per pensar en el futur, en el que penso fer. Suposo que en algun moment s'ha de començar a pensar en aquestes coses, oi? A més, he decidit escriure seriosament (bé, més o menys) i he descobert que això és el que em fa més feliç en aquest món. Escriure, llegir, explicar històries. Ja sé que no és fàcil arribar a ser escriptora, però m'agradaria intentar-ho. Jo crec que tothom ha d'estudiar per fer allò que sap fer bé, no? D'això també me n'he adonat durant aquests dies, gràcies al consell d'un amic molt especial (que és músic). Jo mai no seré una bona advocada, com vol el meu pare. Ni tan sols seré una advocada satisfeta de ser-ho. Odio les lleis, odio els tribunals, em semblen la cosa més avorrida del món. Quan veig pel·lícules de judicis m'agafa una son terrible... Per això m'agradaria començar a prendre decisions importants, començant per la primera, que és escollir un altre batxillerat, el que hauria hagut d'escollir de bon principi si no hagués fet cas dels desitjos dels altres: vull cursar el batxillerat artístic. Si és que havent començat l'altre em puc canviar. Això és el que necessitaria que m'expliquessis, què he de fer?

No et preocupis pel meu pare. Saps tan bé com jo que no hi estarà d'acord, però haurà de fer-se'n a la idea. L'hi diré d'aquí a uns mesos, quan es recuperi del mal moment que està passant. Confio ser capaç de convence'l, tot i que potser necessitaré una mica d'ajuda. Tu sempre dius que hem de ser valents i defensar el que pensem, oi que sí? Doncs crec que ho estic fent per primer cop a la meva vida.

Una abraçada, profe!

O.

Estimada O,

Crec que has pres la decisió correcta. No sóc l'únic que s'ha adonat de les enormes facultats que tens per a l'escriptura. En Maurici, de Literatura, està fart de dir-ho. Seràs una escriptora magnífica, n'estem segurs, i apostem fermament per tu des d'aquest moment. Que sàpigues que quan publiquis la teva primera novel·la, la comprarem per presumir d'alumna.

Per la meva banda, faré tot el que estigui a les meves mans no només per aconseguir que canviïs de batxillerat, sinó per convèncer el teu pare. Si després de parlar-hi tu, segueix sense voler-ho veure, el citaré a una entrevista i li explicaré el nostre punt de vista. No et desanimis abans de començar: ja veuràs com al final entendrà el que és millor per a tu, que és sempre permetre't gaudir de la teva vocació i de l'amor que et desperta la literatura. Continua defensant les teves idees. Veig que hi tens molta traça. Una altra abraçada per a tu.

Toni

Hola, profe,

Moltíssimes gràcies! Tot el que dius és molt important per a mi. Gràcies, gràcies, gràcies. Continuaré escrivint. Un petó.

O.

El meu pare, vermell com un perdigot, llença els papers damunt la taula i pregunta:

—M'expliques per què has d'esbombar els meus problemes a un desconegut?

No se m'ocorre què dir. «No són els teus problemes,

són els meus», penso. A més, totes les explicacions que pugui donar-li ja són als correus electrònics. Sé que no només està molest per la meva decisió, sinó també perquè hi he involucrat el meu tutor. El meu pare no suporta que els altres li diguin com ha d'educar els seus fills. Ni tan sols quan aquests altres són educadors professionals: ell sempre considera que en sap més que ningú o que haver contribuït a la meva arribada al món el fa infal·lible.

Penso una resposta, però no arriba. El meu germà fa cara de no haver trencat mai cap plat. La mama es frega les mans amb nerviosisme.

—Contesta! T'he fet una pregunta! —crida el pare, fora de si.

Un altre silenci insuportable. La ment en blanc. Com més penso la resposta, menys sé quina és.

—Pel que es veu, has decidit unilateralment fer canvis a la teva vida —continua el meu pare.

—Sí. M'agradaria estudiar el batxillerat artístic.

La meva veu és a penes un murmuri, tan suau que el meu pare m'ordena, a crits, que repeteixi el que acabo de dir. Odio que faci això. És humiliant.

—Vull fer el batxillerat artístic —repeteixo, una mica més fort.

El meu pare clava un cop a la taula amb les dues mans. Els coberts de l'esmorzar tenen un sobresalt. Una forquilla cau a terra. Ma mare la cull ràpidament, la neteja amb un drap i la torna a deixar damunt la taula. Tot seguit, comença a recollir la resta dels coberts, els plats i les tasses de l'esmorzar. Com si formés part d'una altra escena o com si el que està succeint aquí no tingués cap relació amb ella.

—Batxillerat artístic? —repeteix el meu pare—, i després, què?

—No ho sé —contesto fluixet—. Filologia. Història de l'art.

La meva resposta l'exaspera.

—I per dedicar-te a què, si es pot saber?

—No ho sé —reconec, abaixant encara més la veu—. Encara no ho he decidit.

—Què dius?

—Que no ho sé —repeteixo.

Altre cop silenci. El meu pare respira sorollosament. Els seus dits repiquen damunt la taula. Després de mirar-me durant més de seixanta segons insuportables, deixa anar:

—No has de decidir res. Oblida't d'aquestes estupideses.

No em puc controlar més els nervis i començo a plorar. Ell ignora aquest fet i continua:

—Estudiaràs una carrera de profit, que et sigui útil per merèixer un treball seriós, segur i per a tota la vida. Encara que no ho valoris, tens molta sort de tenir una feina assegurada a les empreses de la teva família. Tal com està el món! Ets una inconscient! Escriptora? —diu amb un gest de menyspreu—. I per què no te'n vas directament a un alberg per a pobres? Almenys t'estalviaràs molta feina. Ser escriptor no és una ocupació, collons, és una desgràcia! —Es calma durant deu segons (els compto, per entretenir els nervis) i després torna a començar, més tranquil:— I pel que fa al teu tutor... Li escriuré i li diré on es pot ficar els seus consells. Aquest home no és ton pare. A ell tant li fa si perds el temps de la pitjor manera, o si estudies alguna cosa que no et serveix per a res. A ell què li importa? No hi perd res! Quan li escrigui, li diré que, com ell et va proposar, hi haurà canvis, però seran d'un altre tipus. Canviaràs d'institut.

Se'm disparen els batecs del cor. No entenc el que estic sentint, però per la cara de mon pare sé que és molt greu.

—Per què? —aconsegueixo preguntar.

—Penso matricular-te en un internat —diu ell, contundent, ferm, gairebé orgullós.

La mare deixa de fregar, tanca l'aixeta i es gira cap a nosaltres mentre s'eixuga les mans amb un drap de cuina. Mira el papa, em mira a mi i els seus ulls van i vénen, perplexos, com si estiguessin assistint a un partit de tenis.

A mi aquesta paraula, «internat», em sona a novel·la passada de moda i també a horror modern. A alguna cosa massa estrafolària per ser real.

—I oblida't de sortir —sentencia el meu pare, aixecant-se i espolsant-se les engrunes de l'esmorzar dels pantalons—. Fins que no comencis el curs, s'han acabat les anades i vingudes. Ho has entès?

—Sí.

De cua d'ull miro el meu germà. Si no puc sortir, tampoc podrà fer-me xantatge. És l'única bona notícia del dia.

29

EM SENTO RARA. És com si l'energia em sobrés, sento unes ganes ferotges de córrer. Se m'ha ocorregut prendre'm el pols. 180 pulsacions en un minut (normalment estic a 65). Em fa por saber a què es deu tot això. Aquesta nit ho confirmaré.

He tingut una conversa amb la mama. Diu que he de tenir paciència amb el meu pare, que tot li surt malament i que s'ha d'habituar a tots els canvis.

—No li permetis que m'enviï a un internat, mama —li he demanat.

Ella ha callat. M'ha mirat als ulls. Els seus s'han omplert de llàgrimes.

—El teu pare és un cap quadrat, filla. Sobretot quan està convençut que té la raó —ha dit, acaronant-me els cabells.

He entès perfectament el que volien dir les seves paraules: no pensa oposar-se al cap de la bandada. Ni tan sols sabria com fer-ho.

Encara sort que a la meva vida hi ha, des de no fa tant de temps, alguna cosa més. Algú més. Les cançons sense música que no paro de rebre són l'única sortida a aquest infern. Tant de bo pogués escoltar també la música. Tant de bo.

TERCERA CONVERSA

Fosca: No em vas enviar la foto.

Weird: Hola.

Fosca: M'ho vas prometre.

Weird: Ei, saluda abans de renyar-me.

Fosca: Hola. No em vas enviar la foto.

Weird: És veritat. Com que la nostra conversa va acabar-se d'aquella manera tan sobtada...

Fosca: Escolta, no tens mòbil?

Weird: No.

Fosca: Per què?

Weird: No el necessito.

Fosca: Tothom necessita un mòbil.

Weird: Jo no.

Fosca: Deus ser l'únic paio del món que no té mòbil.

Weird: Potser sí.

Fosca: No penses comprar-te'n un?

Weird: Potser sí.

Fosca: No saps dir res més?

Weird: Potser... no.

Fosca: Envia'm la foto ara mateix!

Weird: Quines presses.

Fosca: He de saber si ets tan estrany com dius.

Weird: Espera... en busco una.

Fosca: Tens antenes?

Weird: Dues dotzenes.

Fosca: Ulls al front?

Weird: Quatre.

Fosca: La pell verda?

Weird: No... ataronjada.

Fosca: Ullals gegants?

Weird: Com els d'una morsa.

Fosca: Haha, sí que ets guapo.

Weird: Ja està. La foto ve cap a tu.

Fosca: Ah, quina emoció. A veure...

Weird: La tens?

Fosca: Sí. Acaba d'entrar.

Weird: Digue'm què et sembla.

Fosca: Espera, que l'obro.

Weird: Sigues totalment sincera, sisplau.

Fosca: [...]

Weird: Si no t'agrado, no passa res. Igualment, podem ser amics... si vols, és clar. Arriba o no?

Fosca: [...]

Weird: Ai...

Fosca: Fas cara de bon nen. No sembles gens estrany.

Weird: Ja saps: les aparences...

Fosca: I per què duus corbata?

Weird: És una foto de feina. L'envio amb el currículum.

Fosca: Quant fa que te la vas fer?

Weird: Uns sis mesos.

Fosca: Has canviat?

Weird: Sí.

Fosca: ?

Weird: M'han sortit dos grans. Un a la punta del nas, especialment purulent. Si li dirigeixes la paraula diu «Bon dia».

Fosca: Hahaha.

Weird: Em veus horrible?

Fosca: Sincerament?

Weird: Sí.

Fosca: Però amb molta sinceritat?

Weird: Sí.

Fosca: Amb la veritat més crua?

Weird: Sí!!!!

Fosca: Crec que ets bastant guapo.

Weird: Uf, quin descans.

Fosca: Tot i que això d'estrany crec que ho dius per fer-te l'interessant.

Weird: Bé, pensa el que vulguis.

Fosca: Tinc més preguntes.

Weird: Ah. Buf. Bé, dispara.

Fosca: Si dorms de dia i vius de nit, quan treballes?

Weird: Treballo a casa.

Fosca: I quan surts?

Weird: No surto gaire.

Fosca: Llavors, si et vull conèixer, haurà de ser de nit?

Weird: Em temo que sí.

Fosca: Què fas aquesta nit?

Weird: No saps parlar si no és amb un interrogant al final.

Fosca: Què?

Weird: Això és increïble. Para de fer preguntes!

Fosca: Qui fa preguntes?

Weird: Tu, tota l'estona.

Fosca: Per què ho dius?

Weird: Fas broma, no?

Fosca: Tu creus?

Weird: Proooooooou!!!

Fosca: Et passa alguna cosa? Estàs nerviós?

Weird: Escolta, de veritat.

Fosca: De veritat? A qui li interessa parlar de veritat? Et fa res si me'n vaig a escriure al meu bloc? T'agradaria que escrivís una entrada sencera amb frases interrogatives? Creus que sóc capaç de fer-ho? Vols que ens hi juguem alguna cosa?

Weird: Para, sisplau...

Fosca: T'agradaria ajudar-me? Se t'acut alguna frase que puguem utilitzar? Per què vols que pari? Et poso nerviós? Saps que m'encanta parlar amb tu? I encara més fer-te enfadar? Tornaràs un altre dia? Em perdonaràs per això? Ja saps que em comences a agradar molt, ésser de la nit? I saps que és la primera vegada que em declaro a un noi?

Weird: Ai, jo toco el dos.

30

Més enllà del món,
més enllà del vent,
més enllà de tot,
trobarem un lloc
on ser diferents.
Més allà de normes
que inventen els altres
trobarem un lloc
només per nosaltres.
Ni la lluna plena
que desperta els llops
gosarà venir.
Més enllà de tot
tu seràs per a mi.

31

ELS HUMANS I ELS LLOPS compartim més coses de les que ens imaginem.

Una bandada de llops està formada pel cap, la seva femella i els diferents cadells que han nascut en diferents cadellades. Si hi hagués una altra femella, tindria un rang inferior i es quedaria en segon lloc. Sempre.

Al grup, ningú s'atreveix a desafiar el poder del més fort i poderós: el cap. Si algú ho fes, n'hauria d'assumir les conseqüències.

Només hi ha dues maneres d'abandonar la bandada:

1. Els mascles joves se'n van del grup, a buscar femelles i aliment. Amb el temps, cadascú acabarà formant la seva pròpia bandada, regida per les mateixes normes.

2. Un membre és rebutjat pels altres. Quan passa això, l'estrany ha de marxar. El més probable és que es converteixi en un llop solitari, condemnat a viure, caçar i morir sol.

Fa temps que em sento estranya enmig dels meus. El cap em rebutja, no hi ha lloc per a mi entre els germans. Crec que s'apropa el moment d'escollir el meu propi camí. Abandonar la llopada.

No en tinc ni idea, de si existeixen llobes solitàries, però jo no en vull ser una.

Sé molt bé amb qui vull estar i per què. Ara només necessito trobar el camí que em condueix fins a tu, Weird.

EPÍLEG

UNA VEGADA VAIG SER l'únic testimoni d'un fet increïble. No vaig atrevir-me a explicar-ho a la policia i no he tornat a parlar-ne. En canvi, em penso que ho he de fer. He triat internet perquè és l'únic lloc que conec on el més estrany no impressiona a ningú.

La baralla més horrorosa que he vist a la meva vida va passar a les acaballes d'una matinada en què jo era al bar Negra Nit, on llavors passava moltes estones. Els qui lluitaven eren el meu millor amic, l'Arístides, i un paio a qui mai no havia vist abans i a qui jo mateix havia citat aquella mateixa tarda. Mai no vaig saber ni com es deia, només que sortia amb la meva germana o que estava penjat d'ella.

Mai no oblidaré la manera com es van mirar. L'Arístides va dir:

—Et conec?

I l'altre va respondre:

—Sí, per desgràcia.

L'Arístides li va preguntar:

—I es pot saber què hi fas, aquí?

I el xaval va fer, sense tallar-se ni un pèl:

—Vinc a buscar l'Olívia.

Abans de desaparèixer, l'Olívia era la meva germana.

L'Arístides estava obsessionat amb ella des de feia molt temps. Més que obsessionat, diria jo, tot i que mai no vaig acabar d'entendre què li passava.

—L'Olívia és meva —va fer l'Arístides, autoritari, com era sempre.

Van ser les últimes paraules que vaig sentir-li dir. Faltava poc perquè es fes de dia. L'estrany va llançar-se-li a sobre i va començar la baralla. Va ser una trifulga horrible, sense pietat. Mai no havia vist ningú tractar un altre amb aquella virulència. Després de llançar-se contra la barra, contra la taula de billar i contra les parets —deixant-ho tot destrossat— van sortir a fora, al bosc, i allí van continuar, cos a cos, pegant-se durant una bona estona. Després els vaig perdre de vista sense que haguessin acabat. Hauria jurat que el combat estava molt igualat.

Llavors vaig veure que a la part del darrere del bar hi havia una gàbia amb una lloba. No era un animal qualsevol. Era el mateix que el meu pare havia descobert dins de casa nostra i havia intentat caçar un parell de nits abans.

Em penso que aquest va ser l'instant en què ho vaig comprendre tot. També va ser el moment que va fer-me canviar per sempre la idea que tenia del món.

Vaig maleir l'Arístides mentre esperava la seva tornada. El vaig maleir per enganyar-me, per aprofitar-se de mi per tal d'aconseguir la meva germana i per fer-li mal a ella. Mai no he tingut gaire caràcter. M'avergonyeixo d'haver de reconèixer que aquells dies li havia promès a l'Arístides que l'ajudaria a seduir l'Olívia. A canvi, ell m'havia jurat que em deixaria el seu cotxe tot un cap de setmana.

Vaig acostar-me a la gàbia i vaig provar de fer una carícia a la lloba a través de les reixes, però va intentar mossegar-me.

Al cap d'una estona vaig sentir passes que s'acostaven i vaig veure que el desconegut tornava. Estava tot ple de sang i semblava molt cansat, però al rostre hi portava pintada la satisfacció d'haver vençut un enemic difícil.

Va destrossar a cops el pany de la gàbia i va alliberar la lloba. Només veure's lliure, l'animal va acostar-se al seu salvador i li va llepar les mans, molt a poc a poc, mentre ell li acariciava el llom i li deia coses baix baixet, com si es poguessin entendre.

Quan vaig acostar-m'hi em va mirar amb menyspreu. Li vaig donar una motxilla que havia estat meva.

—Aquí tens la seva roba —vaig dir—, la roba que l'Olívia es va treure.

—I com és que la tens tu? —va fer.

—L'Arístides va demanar-me que la portés, però la tenia amagada.

El desconegut va mirar-me sense dir un mot. La duresa de la seva mirada va fer-se una mica més suportable. Em penso que va entendre que per a mi tampoc no era fàcil. Va agafar la motxilla.

—Gràcies, Benjamí —va dir.

I va marxar, custodiat per aquell animal preciós, que tenia el llom del color de l'argent.

Vaig quedar-me al bar una bona estona més. Necessitava pensar, pair tot allò que havia vist, reaccionar. Em penso que esperava que l'Arístides tornés. Vaig veure'm jo solet unes quantes copes.

A trenc d'alba, vaig sentir una veu d'home que bramava entre la boscúria. Vaig córrer entre els arbres com un esperitat, fins a trobar-lo. Al tronc d'un castanyer vaig descobrir-hi una corda entortolligada, fluixa, de la qual penjava la roba de l'Arístides, banyada per la llum d'un sol acabat de néixer. Dins la roba hi havia una mena de polsim grisós. El vaig tocar. Semblava cendra. I encara era calent.

L'última llegenda que murmuren els habitants de la Vall del Silenci parla de dos joves enamorats que habiten entremig dels arbres, prop del Riu Negre. Ell és un xuclador de sang, una criatura nocturna que amb el més mínim contacte amb la llum del sol pot veure's transformat en cendres. Està condemnat per a tota la vida a alimentar-se de sang fresca i qualsevol altra cosa que tasti pot ser mortal per a ell. Les nits que hi ha lluna plena, ella és una lloba jove i esvelta, de color bru i de mirada astuta, que fa estremir la vall amb els seus udols. Per a molts, són dues pobres víctimes de la maledicció de la seva naturalesa. Ells, en canvi, són feliços d'haver-se trobat.

De dia, quan fan vida normal, ella vetlla el son d'ell amb els instints desperts de la lloba. De nit, tots dos surten a caçar entre els arbres. Ell protegeix la seva estimada dels caçadors furtius, que ja no gosen entrar en aquests boscos. I durant les nits de transformació, roman atent al seu retorn, per guiar-la fins a la seva roba d'humana i evitar que quedi convertida en bèstia per sempre més. Habiten un indret que ningú no coneix, però algunes nits d'estiu se'ls sent riure al costat del rierol, a les aigües del qual els agrada refrescar-se. Cap ull humà no els ha vist mai, però tots diuen que el seu amor viu vint-i-set nits de cada cicle lunar i que és net i etern com el silenci de la vall.

L'autora t'espera a:

aquestanitnohihallunaplena.blogspot.com

No et perdis *Mil nits després*, la cançó amb lletra de la Care Santos, que Nikosia ha fet amb motiu de la novel·la. L'escoltaràs a:

www.myspace.com/nikosiatheband

T'hi resistiràs?

NOTA DE L'AUTORA I AGRAÏMENTS

Les històries que parlen de llops formen un dels patrimonis llegendaris més rics de la península Ibèrica. Basades sobre el gran perill que suposava el llop per a la població de tot Europa, les històries sobre bèsties monstruoses amb característiques humanes —i al contrari— van ser explicades i tingudes per autèntiques durant moltes generacions. A la nostra tradició mediterrània trobem moltes llegendes de licantrops: començant per Licaó, el rei de l'arcàdia de la mitologia grega, convertit en llop per Zeus com a càstig per haver menjat carn humana.

En algunes de les llegendes que encara es mantenen vives m'he volgut basar a l'hora d'escriure aquesta novel·la: la creença que per tornar-se llop només cal beure les aigües d'un rierol, on normalment beuen aquests animals, o bé la maledicció dels pares com a causa de la licantropia —tal com explica l'Eliseu—. Potser algú s'espantarà de saber que al nord de la península Ibèrica, tant a Galícia com a Portugal, hi ha hagut homes jutjats com a licantrops pels tribunals, en dates tan actuals com l'any 1966.

Tot i això, Valldellops, el poble on se situa la història, és un enclavament imaginari. També ho són el Riu Negre i la Vall del Silenci, tot i que s'inspiren en llocs semblants, com ara la vall del mateix nom situada a la província de

Lleó, a prop de Ponferrada. És una vall ombrívola i preciosa farcida de llegendes i misteris. En un costat d'aquesta vall hi ha una ermita mossàrab en què pensava quan descrivia l'ermita de Nostra Senyora. A la mateixa zona hi ha també una trampa per a llops autèntica, que data del segle XVII i que va ser construïda pels pastors de la zona, cansats de veure com els llops els devoraven els ramats. Amb els anys, la cacera de llops ha esdevingut un delicte fortament castigat per la llei. Malauradament, els llops gairebé van arribar a extingir-se en aquells paratges i han calgut molts esforços i molt temps per tornat a introduir-los a la zona. Malgrat tot, la convivència amb els éssers humans continua sent motiu de molts conflictes i avui dia hi ha molts ramaders que es queixen de la manera que el llop els aniquila les ovelles i que fins i tot emigren a altres terres llunyanes per evitar l'empobriment que això els suposa. Com vaig llegir en algun dels molts llibres consultats a l'hora d'escriure aquesta història, el drama més gran del llop en terres del nord de la península Ibèrica ha estat haver de compartir territori amb un altre gran depredador molt més ferotge que ell: l'home.

Pel que fa al vampir, o xucla-sang, m'he basat en tradicions que no em són alienes en cap cas, tot i que geogràficament estiguin més lluny. En concret, les que encara perviuen en les zones rurals de Romania i que tot sovint presenten els vampirs com a éssers tristos, desvalguts i allunyats d'una societat que els odia.

Aquesta novel·la deu molt a algunes lectures, que esmento per justícia i també per facilitar el camí al lector encuriosit: *Hadas, brujas y hombres lobo en la Edad Media. Historia del doble*, de Claude Lecouteux (Editorial Olañeta,

1998); la col·lecció de llegendes recopilada per Sylvie Folmer, *Cuentos de lobos* (Ediciones Sígueme, 2011), i *Vampiros y hombres lobo. Orígenes y leyendas desde la Antigüedad hasta nuestros días*, d'Erberto Petoia (Galaxia Gutenberg / Círculo de Lectores, 1995).

De la mateixa manera, estic en deute amb la intuïció de Dolores Esteban, que va posar-me rere el rastre de José Luis Puerto i de José Miguel López. Sense ells dos, aquesta novel·la hauria estat molt diferent. A Francesc Miralles li dec el decàleg del llop, que va portar-me del bar Loup, de Nova York, i la preciosa música de la cançó de l'Abel i la interpretació de Nikosia. A Manu Roca li dec algunes lliçons de guitarra. I a Patrizia Campana li dec l'entusiasme primer de tots: segurament sense ella mai no hauria gosat escriure aquesta història. I a Deni Olmedo li dec que sigui allà on és, deu anys després.

Vull agrair molt especialment, però, la generositat de l'admirat poeta José Luis Puerto, que va compartir amb mi un munt d'històries de licantropia que ell mateix ha recollit durant anys per les terres de Castella i Lleó. A aquesta feina seva pertany la llegenda de Déu i el llop, la gesta de l'avi de l'Eliseu amb el gran llop negre o tantes altres coses d'aquelles que es filtren a poc a poc en una història sense que tu puguis reconèixer-les.

El mateix he de dir de José Miguel López, que va oferir-me a mans plenes la pista exacta de la topografia, el paisatge i les persones que el van habitar. Gràcies a ell existeixen en aquestes pàgines la Vall del Silenci i l'impressionant Parany dels Llops, inspirat en un indret real que la gent de la zona anomena «el charco de los losbos».

I el meu agraïment més gran de tots sempre és per als

meus lectors. Especialment, per als més joves, per a qui en primer lloc —però no en exclusiva— va ser concebuda aquesta història. Vull brindar amb vosaltres per les paraules impreses i les emocions que desperten les històries. Com vosaltres i jo sabem, llegir és una manera de volar. I volar amb vosaltres és una de les millors coses que poden passar-me.

Care Santos va néixer a Mataró (Barcelona) en 1970. Va estudiar Dret i Filologia i va treballar com a periodista cultural al Diari de Barcelona i a d'altres mitjans, tant catalans com de la resta de l'Estat espanyol o també d'Amèrica Llatina. Als vint-i-cinc anys va publicar el seu primer recull de contes. Com a autora de llibres per a joves, és una de les veus més llegides del nostre país, amb novel·les com Hot Dogs, Un camí dins la boira, Okupada o Els ulls del llop. Ha obtingut alguns dels més prestigiosos premis de la literatura per a joves, com el Gran Angular o el Ramon Muntaner. Per al públic general, la seva última novel·la ha estat Habitacions tancades (Planeta), que ha obtingut un enorme ressò internacional. La seva obra ha estat traduïda a una catorzena d'idiomes. www.caresantos.com